京の鬼神と甘い契約

～新しい命と永久《とわ》の誓い～

栗栖ひよ子

STARTS
スターツ出版株式会社

目次

京の鬼神と甘い契約
～新しい命と永久《とわ》の誓い～

第一話　鬼神の甘いバレンタイン

天神様《てんじん》主催のお茶会から、約一ヵ月。暦は二月になり、冬の厳しさも少しだけピークを越えた。和菓子屋『朱音堂《あかねどう》』のショーケースの中はまだ冬の和菓子だが、服屋には春物が並び、梅の木にはつぼみができ、少しずつ春のきざしを感じている。

私——栗原茜《くりはらあかね》と、鬼神である伊吹《いぶき》さんが出会った十月初旬は、まだ夏の香りが残っていた。

祖父が急死し、一番弟子であった小倉《おぐら》さんに祇園《ぎおん》にある祖父の店『和菓子くりはら』と家を奪われ、初対面だった伊吹さんに助けてもらったあの日。伊吹さんは河原町五条《かわらまちごじょう》に朱音堂を用意し、私を必要だと言ってくれた。

つまり、私たちが夫婦になってから四ヵ月近くが過ぎた、ということになる。初めて会った日の夜は満月で、鬼の姿に変化した伊吹さんを目撃し、『殺されるか、嫁になるのか、どちらか選べ』と決断させられ、かりそめの花嫁になってから——。

この四ヵ月の間で、私は伊吹さんへの恋心を自覚し、ただのかりそめ夫婦だったはずなのに、伊吹さんの正体や過去を打ち明けてほしいと望むようになっていた。

でも、天神様のお茶会のあと、伊吹さんは話してくれた。私と祖父をずっと昔から知っていて、祖父が作った梅の練り切りも食べたことがあると。そして、時が来たらすべて話すと約束してくれたのだ。

だから私は、伊吹さんと私は契約だけでつながっている関係ではないと信じることができた。彼の秘密を知るその日まで、自分の恋心と向き合ってみようと。

秋の始まりから冬にかけての、濃密だった日々。あやかしや神様との出会いがあったり、伊吹さんの甘い言葉やスキンシップにドキドキしたり、毎日が驚きの連続で、ばたばたと過ぎていった。でも今は、朱音堂には穏やかな時間が流れている。伊吹さんが私を見つめる優しげな眼差しも、この胸の甘酸っぱい気持ちも、一足先に春が来たような温かさにあふれている。

どうかこのまま、平和な毎日が送れますように。一日も早く、祖父の店を取り戻せますように。

天国のおじいちゃん。私と伊吹さん、そして朱音堂を、どうか見守っていてね。

＊＊＊

「今日は節分ですね、伊吹さん」

お店の営業が終了し、ふたりで閉店作業をしているとき、そう声をかけた。

癖のある黒い髪を持ち、すっとした切れ長の目、通った鼻梁《びりょう》が美しい私の旦那様は、黒い着物を身にまとい、着物の端切れで私が作ったマフラーを首に巻いている。私のほうは、伊吹さんが冬用にと作ってくれた椿柄《つばきがら》の着物だ。

「ああ、今日は二月三日か」

宙を見上げるようにして、伊吹さんがつぶやく。

その横顔があまりに完璧なので、思わず見とれてしまった。一緒に暮らしていても、伊吹さんの浮世離れした美しさにはいつまでも慣れない。

「最近は、恵方巻きっていって長い太巻きを食べる習慣があるんですよ。実は朝のうちに仕込んでいたので、よかったら夕飯に食べませんか」

伊吹さんにとって食べ物は嗜好品《しこうひん》なので、基本的にあまり飲食をしない。朝食には毎日付き合ってくれ、和菓子はよくつまんでいるけれど、その程度だ。昼食や夕食は基本的に私ひとりでとっている。

「太巻きか。いいな、楽しみにしている」

「はい」

伊吹さんが口角を上げたので、私も笑顔でうなずく。気合いを入れて作ったので、喜んでもらえるといいなと願いながら。

「すごいな、これは。想像していた太巻きよりもずっと豪華だ。具はなにが入っているんだ？」

茶の間のちゃぶ台にのったお皿を見て、伊吹さんが目を丸くした。

お皿の上には、二種類の長い太巻きが合計四つ、どーんと鎮座している。

「こっちの太巻きは定番の具材で、かんぴょう、しいたけ煮、だし巻き卵、穴子、桜でんぶ、エビ、きゅうりの七種類です。七福神にあやかって七種類だそうですよ」

だし巻き卵やしいたけ煮は朝のうちに作って、あとは巻くだけにしておいた。そして、もうひとつの種類の恵方巻きを手で示す。

「こっちは、マグロなどを入れて海鮮恵方巻きも作ってみたんです。お寿司ってめったに食べられないから、つい。定番のほうは日持ちするし、食べきれなければ朝食にすればいいと思って……」

伊吹さんに豪華な恵方巻きを食べさせたかった、というのが本音だけど、口にすると自分の恋心がバレてしまいそうで恥ずかしい。

「そうなのか？　俺のためにわざわざ作ってくれたんじゃないのか？」

伊吹さんがからかうように微笑み、顔を近づける。

「えっ、ええと……。そ、それも、あります」

顔がボッと熱くなる。きっと赤くなっているであろう頬を見られたくなくて、私は伊吹さんから顔を背けた。

「それ〝も〟か。まあいい」

少し不服そうにつぶやいて、伊吹さんは海鮮恵方巻きを手に取った。

「で、どうやって食べるんだ？　これだけ大きな太巻きなのに、切らないのか？」

「切らずにそのまま食べます。その年の恵方を向いて、ひとこともしゃべらず一気に食べるんです。もちろん、よそ見したらダメです」

「つまり丸かじりするということか？」

「はい。ちゃんと正しく食べれば縁起がかつげるんです。伊吹さんには必要ないかもしれないですが……」

なにせ、自分で御利益を生み出せる鬼神様なのだ。神様界では〝縁起がいい〟というのは普通だから、別にありがたくないかもしれない。

「いや、そんなことはない。おもしろそうだし、やってみるか」

伊吹さんは着物の腕をまくり、まるでなにかに勝負を挑むかのようにワクワクしている。

そうだった。この人は、対決とか勝負になると気合いが入るタイプだった。

「はい。じゃあ、今年の恵方は北北西なので、あっちの方角ですね」

「よし、行くぞ」

ふたりで同じ方向を向いて、黙々と食べる。よそ見してはいけないのだが、伊吹さんの様子が気になってちらりと見てしまう。

長い太巻きを口から生やしている鬼神様の姿は、なんだかシュールだった。いや、自分も同じ格好なのだから笑えないのだけど。

でも、もぐもぐと一生懸命に口を動かしている伊吹さんは、なんだかかわいい。こういうときに適当にすませず真面目に取り組んでくれるところは、伊吹さんの好きな一面だ。

そうして一本食べ終わったころには、私のお腹はいっぱいになっていた。

「お腹が苦しいです……。思ったよりボリュームがありました。伊吹さんは大丈夫ですか？」

「問題ない。苦しいなら、さすってやろうか？」

にやっと笑って私の肩を引き寄せる伊吹さんを、両手で押し返す。

「け、けっこうですっ」

そんなことをされたら、お腹だけではなく胸まで苦しくなってしまうではないか。

気を取り直して緑茶で口を湿らせたあと、私は姿勢を正した。恵方巻きに続く、〝本日のメインイベント〟について伊吹さんに説明がある。

「あの……実は、節分用の豆も買ってあるんです」

「豆を？」

伊吹さんがぴくりと肩を動かす。その表情は険しかった。

当然だ。節分の豆まきといえば、『鬼は外、福は内』と叫んで家から鬼を追い出す行事なのだから。

でも私が豆をわざわざ買ってきたのは、普通の豆まきをするためではない。

「はい。だから、うちでは『福は内、鬼も内』で豆まきしませんか？」

伊吹さんは目を見開いたあと、うれしいような、困惑したような複雑な表情で私に向き合った。

「この場合の鬼というのはあやかしではなく、災厄全般を指すんだぞ。それでもいいのか？」

「はい。意味が違うとしても、『鬼は外』なんて言うのは嫌なんです」

日本中の家庭で『鬼は外』と叫ばれている今日だからこそ、私だけでも鬼を受け入れたかったのだ。

「……そうか。では、お前に降りかかる災厄はすべて俺が払うと誓おう」

伊吹さんは、お姫様にキスする騎士のように私の手の甲に口づけた。

感謝の意を示すものだとわかっているけれど、それでも私の心臓は鞠《まり》のようにぽんぽんと飛び跳ねた。

「じゃ、じゃあ、お店の入口のところでまきましょう」

お店の戸の外側で「福は～内！　鬼も～内！」と豆をまいていると、通行人が驚いたようにこちらを見て通り過ぎていった。

かけ声が変なのはもちろん、着物姿の伊吹さんと私が豆をまいているのも珍しい光景だったに違いない。

袋の中の豆がなくなりそうになったころ、私は十一月に親友の千草《ちぐさ》が通う大学で交わした会話を思い出した。

「そういえば……。千草に指摘されるまで忘れていたんですけど、私、小学生のときも『鬼に豆をぶつけるのは嫌だ』と言って、豆をまかなかったことがあるんです」

『この鬼はどんな悪いことをしたんですか？』とたずねて先生を困らせた、小学校の節分行事での出来事だ。

「お前は昔から鬼が怖くなかったのだな」

伊吹さんは豆をまく手を止めて、ふっと笑う。

「だって、悪さをしていない鬼が豆をぶつけられたら、かわいそうじゃないですか。いい鬼だっているのに」

小学生だった私は『泣いた赤鬼』の絵本を読んで、鬼が怖いだけの存在ではないと知っていた。

それを聞いた伊吹さんはなぜかしばらく押し黙ったあと、ためらいがちに口を開いた。

「じゃあ、もしその鬼が、昔とても悪事をはたらいた日本一怖い鬼だとしても、お前は怖くないのか？」

伊吹さんの眼差しがあまりにも真剣で、なにかを強く訴えかけるようにじっと私を見つめていたので、ドクン……と心臓が大きく音をたてた。

どうして伊吹さんがこんな質問をするのかわからないけれど、私は手をぎゅっと握りしめて、ゆっくりと言葉を吐き出した。

「昔悪さをしていたとしても、今は改心していい鬼なんですよね？　だったら私は豆をぶつけられないし、怖くもないです」

「そうか……。お前はそんなふうに考えるのだな」

伊吹さんのどこか思い詰めたような表情にはなにかが隠れている気がしたけれど……。秘密を打ち明けてくれるその日まで待つと決めた私は、ただ黙ってうなずくだけで、なにも声をかけることができなかった。

節分後の満月の日は、お正月に引き続き、腕枕され抱きしめられる体勢で添い寝をした。ドキドキしてなかなか寝つけなかったので途中から寝たふりをしたら、いつの間にか眠っていた。

朝起きたときにはもう伊吹さんは布団の中におらず、いつまで腕枕をしていてくれたのか不明だ。腕が痛くなっていたら申し訳ないなと思いつつ、眠ったあとすぐ離されても寂しいなと感じる。恋をすると、欲張りになるみたいだ。

バレンタインが近づくと、京都《きょうと》の町もチョコレート色に染まり、デパートでは関連催事の宣伝が盛んになる。もちろん私にとっても、今年は他人事ではない。伊吹さんへのチョコレートをどうしようか考えていると……。

「〝ばれんたいん〟とは、どういう行事なんだ？」

たまたまお客様同士の会話を耳にしたらしい伊吹さんが、不思議そうな顔で私にたずねてきた。

「女性が恋人や、好きな人にチョコレートをあげる日ですよ」

隠す必要もないので正直に答えると、伊吹さんは片眉を上げてにっと微笑む。

「ほう。それなら、俺ももらえるんだな？」

「そう……ですね。夫婦ですし……」

すでにいろいろ悩んでいることを悟られないように平静をよそおうが、語尾が弱々しくなってしまう。

「期待している」

そんな私の胸中には気づかず、伊吹さんは屈託なく私の頭をぽんぽんとなでた。

期待なんてされたら、どんなものをあげるか余計に悩んでしまう。せっかくなら喜んでほしいし、『おいしい』と言ってもらいたい。

でも私は、洋菓子については無知に等しく、お店で出している抹茶チーズケーキくらいしか作った経験がない。

どうしよう……。

一日中思い悩んでいると、こんなときに頼りになる親友の顔が頭に浮かんだ。

「急に『今年は一緒にバレンタインのチョコレートを作っていい?』なんてメールがくるから、珍しいこともあるもんやなあって驚いたよ」

そうからかうのは、デニム生地のエプロンをつけた親友の千草だ。定休日の今日は、千草の家のキッチンで一緒にチョコレートのお菓子を作っている。ちょうどバレンタイン当日が休みで助かった。

千草とは毎年友チョコを交換しているが、いつも手作りのお菓子をもらっていたのを思い出したのだ。

私はきなこクッキーなど千草でも食べられる和風のお菓子を作っていたけれど、今年はどうしてもチョコレートを使いたかった。和菓子はいつも食べているから特別感が欲しかったのと、伊吹さんのためになにかをがんばりたい気持ちになったのだ。

「うん。そろそろ洋菓子の勉強もしたほうがいいと思って。抹茶チーズケーキのときみたいになにかの役に立つかもしれないし」

持参したベージュのエプロンと三角巾を着用した私は、小麦粉をふるいながら答える。

作っているのはチョコレートマフィン。初心者の私のために、簡単なレシピを千草が選んでくれた。

取り繕った言い訳でごまかしたが、とても真実は話せない。千草には、伊吹さんは既婚者だと教えてあるし。

「ふうん。私はてっきり、茜にもとうとうチョコを渡したい相手ができたんや、と期待してたんやけど……」

ぎくっ。千草は長年私の友人をしているだけあって、鋭い。

「そ、そんなんじゃないよ。出会いだってないし」

「そやなあ。茜の周りの男性とゆうても、あのイケメン店長さんくらいやしなあ。毎日近くであんなイケメン見てたら、男に対してのハードルも上がりそうやし」

「そんなことないって。伊吹さんは……別物だから」

私にとって伊吹さんは特別で、ほかの男性と同列に見たことも比べたこともなかった。

「まあ、たしかにあれだけかっこよかったら別物やね！　芸能人みたいなものかも」

千草はミーハーさ全開ではしゃぎ、「店長さんの写真とかないの？　今度撮らせてもらって送って！」とねだってくる。

伊吹さんは写真は苦手そうだなあ……と考えながら「できたらね」と返す。

最近のお店の様子を話したり、千草の大学の話を聞いたりしているうちに、チョコレートマフィンは甘い香りを漂わせて焼き上がった。

「あ、そうそう。最近、民俗学の講義で鬼について勉強したんやけど、前に茜と節分の話したやろ？　それでなんとなく茜を思い出してしもて」

紅茶を入れて、試食分のマフィンをふたりでつまみながら千草がそんな話を聞かせてくれた。

「へー。そんな授業があるなんておもしろいね」

鬼について、どんなことを学ぶんだろう……と想像していると、ひとつの疑問がわいた。

「あのさ、千草。鬼から神様になった人っているのかな……？」

お茶会のとき天神様が『鬼から神になったなんて、日本では君くらいのものだよ』と感心していた。それが本当だとしたら、伊吹さんはとても有名な鬼神なのでは？

「えーっと、どうだったかなあ？」

千草は首をかしげながら腕を組む。

すると、急に私の胸がズキンと痛んだ。

ダメだ。せっかく伊吹さんが打ち明けてくれるまで待つと決心したんだ。こんな、伊吹さんの正体をこっそり探るようなマネなんてしてはいけない。

「千草、やっぱり――」

そう気づき千草を止めようとしたのだが、ひと息遅かった。なにかを思い出した様子で千草は両手をぽんと打つ。

「あっ、そういえば、神社に祀《まつ》られている鬼の話を聞いたかも！　たしか、首塚《くびづか》なんとかっていう神社だったような……」

「もしかして、『首塚大明神《だいみょうじん》』？」

今まで意識したことのなかった言葉がするっと口から出た。

「そう、それ！　どうして茜、知ってんの？」

「どうしてだろう……。なんとなく覚えがある気がして……」

千草と同じく、私自身も驚いていた。なぜならそんな神社の名前、今まで忘れていたのだから。

首塚大明神……。やっぱりどこかで聞き覚えがある。どこでだっただろう。

首塚、首……と頭の中で復唱する。

そういえば、私が祖父に引き取られたばかりのころ、祖父が首を痛めたことがあった。そのとき、首から上に御利益がある神社の存在を聞いて、お参りをしたんだった。

その神社がたしか、首塚大明神。

なんだか知ってはいけない真実を知ってしまったような罪悪感に襲われる。でも、首塚大明神と伊吹さんが関係あるという確証はない。まだ彼の正体を暴いたわけではない。

バクバクと音をたてる心臓を、深呼吸して静める。

大丈夫。今は伊吹さんにチョコを渡すことだけ考えよう。

「どうしたん、茜。顔色悪いけど……」

「ううん、大丈夫。それよりこれ、おいしくできたね」

首を横に振ってから笑顔を作り、ちらりと残りのマフィンに視線を向ける。

「そうやね！　人にあげるぶんはトッピングしてかわいくしたし。あとはラッピングしたら完璧！」

冷ましているココア味のマフィンの上には、ハート型の小さな砂糖菓子やチョコチップ、ナッツなどが飾られている。『味も大事だけど、どうせなら見た目もかわいくしたいやん？』と千草がいろいろ用意してくれたのだ。

「ラッピング用品も、百均でいっぱい買ってきたんよ。茜、好きなの選んでええよ」

「ありがとう、千草」

　お茶を終えてから、最後のお楽しみであるラッピングに移る。千草はひとつずつ、柄の入った透明の袋に入れている。きっと大学の友達に配るのだろう。

　私も存分に悩んでやっと、どんなラッピングにするか決めた。

　ラブリーなものは伊吹さんに似合わないので、セピア色の袋を選んでマフィンを詰める。袋の端を折り返してシーリングワックス風のシールで留めると、シックでオシャレな見た目になった。

「うん、ええやん！　で、これ、だれにあげるの？」

　千草がテーブルに身を乗り出して褒めてくれる。

「おじいちゃんの遺影に供えようかと思って……」

「そっか。茜のおじいちゃん、きっと天国で喜ばはるね」

　うんうん、と納得したようにうなずく千草。

　祖父に供えたいというのは、嘘《うそ》ではない。ただそれは、自分用に持ち帰るマフィンの中からひとつだけだ。

　祖父より伊吹さんを優先することを申し訳なく思うけれど、祖父はいつも『おじいちゃんは少しでええ。この歳になると、甘いものは少ししか入らんのや』と私を気遣ってくれていた。自分はいいから、茜があげたい人にたくさんあげなさいと。

きっと天国でも『おじいちゃんはひとつでええよ』って笑ってるんだろうな。

家に帰る前に鴨川《かもがわ》に寄って、小豆洗《あずきあら》いのつぶあんの姿を探した。寒空の下、私の作ったピンクのミトン型手袋を首からかけて、つぶあんは小豆を洗っていた。

「つぶあん！」

「くりまんじゅう。なんのようだ」

声をかけると、川べりにいたつぶあんが鼻とひげをひくひくさせながら近寄ってくる。

「あのね、今日はバレンタインだから、つぶあんにもお菓子をあげようと思って持ってきたの。つぶあんはチョコレートって食べても平気？」

つぶあんの見た目はアライグマそのものである。動物にチョコレートは毒だが、小豆洗いはどうなのだろう。

「だいじょーぶだ」

和菓子も食べられるつぶあんには問題なかったようだ。マフィンを渡す前に、ついでに質問してみる。

「つぶあんは、バレンタインってどんな日か知ってる？」

「メスがオスにちょこれーとわたす」

「う、うん。大体合ってるかな……」

クリスマスのときは『ケーキたべてサンタがくる』と答えていたから、意外とつぶあんは現代日本の文化に詳しい。いつも鴨川で人間同士の会話を聞いているからだろうか。

「ばれんたいん……。だからカップル、いっぱいいる」

「うん、そうだね」

デートスポットの鴨川も冬は河川敷に座り込むカップルが減るが、今日は平日なのに多い気がする。中には、ひとつのマフラーをふたりで巻いたり、彼氏のポケットに手を入れたりしている女の子もいる。

寒いのも気にならないくらい、一緒にいられるのがうれしいんだろうな……と想像すると微笑ましい。

「はい、どうぞ」

保存容器に詰めたマフィンの中から、ひとつ取ってつぶあんに渡す。心なしかつぶあんの目が輝いた気がする。

「いまたべていいのか？」

「うん。足りなかったら、まだあるからね」

小さな手でマフィンを持って、かぶりつくように食べている姿がかわいい。

「どうかな？　おいしい？」

「あまくて、ふわふわ。おいしい」

口の周りの毛に、マフィンのかけらがくっついている。つぶあんはあっという間に食べ終わり、二個目をおかわりした。

「イブキにわたすのか？」

お腹がいっぱいになって座り込んでいるつぶあんに水筒のあったかいお茶を渡すと、そうたずねられた。

「うん。そのつもりなんだけど……。和菓子じゃないから、ちょっと自信がなくて」

自分ではおいしくできたと思うし、千草も太鼓判を押してくれたけれど、和菓子を食べ慣れた伊吹さんはどう感じるだろう。チョコレートはあんこと違って苦みもあるから好みじゃなかったら悲しい。

「くりまんじゅう、じしんもつ。イブキ、ぜったいきにいる」

よっぽど気に入ったのか、つぶあんは鼻息を荒くしながら励ましてくれた。

「ありがとう、つぶあん」

その姿を見ていたら、心がほんのりあったかくなって、不安な気持ちが飛んでいった。

今まで、伊吹さんが私の作ったものを気に入らなかったことがあるだろうか。名前が気に入らなかったおにぎりは別として、朝食に出したものはいつもキレイに完食してくれる。

「きっと、喜んでくれるよね。伊吹さんなら」

伊吹さんがどんな反応をするのか、頭の中で想像してみる。

これから家に帰ってチョコを渡すことを考えると心臓がドキドキして、身体が熱くなってきた。


「あ、あの、伊吹さん。今ちょっといいですか？」

二階にある伊吹さんの個室。襖《ふすま》越しに声をかけると、伊吹さんはすぐに出てきてくれた。髪と着物が少し乱れているから、横になっていたのかもしれない。

「どうした？　今日はどこかに出かけていたのではないのか？」

「は、はい。千草の家に。それで、これ……」

セピア色の袋を渡すと、伊吹さんはきょとんと首をかしげた。

「これは……？」

「千草と一緒に作ったんです。手作りの、チョコレートマフィン、です……」

「菓子か？　なぜ俺に？」

まだピンときていない様子の伊吹さん。もしかして、バレンタインという行事を耳にはしても、それがいつなのかはわかっていなかったのかも。

「あの、今日はバレンタイン、です」

おそるおそる告げると、伊吹さんはハッとした表情になったあと、マフィンを持っているのとは逆の手で口元を押さえた。

「そうか、今日だったのか……」

ほんのり耳が赤く染まっている気がする。これは、喜んでくれたのだろうか。

「好きな人にチョコレートという菓子を渡す日だったな。それでわざわざ千草どのと作ってくれたのか？」

「はい。私、チョコレートのお菓子は作ったことがなくて……。うまくできるか不安だったので、千草に教えてもらいながら作りました」

「そうか。俺のためにがんばってくれたんだな。ありがとう」

伊吹さんのためにがんばりたい。そう思っていた気持ちを汲み取ってもらえた気がして、私は目頭が熱くなった。

「茶の間に行こう。すぐ食べたい」

私の肩を抱いたあと、そわそわした様子で茶の間に向かう。

「あ、じゃあ私、お茶入れますね。和菓子に比べたら少しもそもそしているので」

洋菓子だから紅茶にしようかと迷ったけれど、お茶くらいは普段飲み慣れているものがいいだろうと伊吹さんの好きな緑茶を入れる。

「お待たせしました」

台所から湯飲みを持っていくと、ちゃぶ台のそばに座った伊吹さんが袋から出したマフィンをしげしげと眺めているところだった。

そんなに見つめられたら少し恥ずかしいかも……。

湯飲みを伊吹さんの前に置くと、興味深そうな様子でたずねられる。

「チョコレート、というのは洋菓子だろう？　以前作った抹茶チーズケーキとはまったく違った形なのだな」

「はい。厳密に言うとこれはチョコレートではなくて、粉末のチョコレートを混ぜたマフィンという焼き菓子なんです。実際のチョコレートは角砂糖みたいな固まりで、カカオっていう豆からできていて……」

「なるほど。チョコレートを使ったマフィンとは、あんこを使ったまんじゅうみたいなものか」

「そんな感じです」

伊吹さんは袋に入っていたマフィンをすべてちゃぶ台の上に出して、それぞれトッピングが違うことにも驚いていた。

これはナッツで、これは砂糖菓子で……と説明すると、「こんなに手のこんだもの外だった。

きっと喜んでもらえるだろうとは信じていたけれど、ここまで感動されるとは予想外だった。

すぐ食べたいと言っていたのに、本当に食べていいのか躊躇《ちゅうちょ》するように何度もマフィンを持ち上げ、じっと見つめてからちゃぶ台に戻している。

「あの、伊吹さん。遠慮しない食べてください」

声をかけると、伊吹さんは眉をハの字に下げた。

「いや、しかし……。食べたらなくなると思うと、もったいなくてな」

「そう言ってもらえるのはうれしいんですけど、食べないと悪くなってしまいますし」

「……それは困る」

伊吹さんは真剣な顔でつぶやき、とうとうマフィンを口に運んだ。ひと口食べたあと、「む」と声を漏らして目を見開く。

「これは……。食べたことのない食感だ」

和菓子でふわふわの食感のものといったら、おまんじゅうの皮くらいだし、チーズケーキはどちらかといえば羊羹《ようかん》に近い。伊吹さんが驚くのも無理はない。

「軽くて繊細で、口に入れたら溶けるようだ。それに、独特の甘さだな。あんこよりも複雑な気がする」

　最初は和菓子の味すら判断できず、まずいお菓子を量産していた伊吹さんだが、洋菓子との違いもわかるようになっただなんて、その成長に驚く。もともと味覚自体は悪くなかったのか、吸収が早いのか。その両方かもしれない。

「チョコレートには苦みがあるからでしょうか。和菓子には苦みがあるものなんてほとんどないですもんね」

「そうか、苦みか……。初めての感覚だが悪くない。それに、お前が作ったものだと思うと、これ以上うまい菓子はないのではという気持ちになる」

　納得したようにうなずいたあと、伊吹さんは私の顔を見つめる。

「そ、そんなことはないです」

　うれしいけれど、大げさに褒められすぎて首をぶんぶんと横に振る。

　すると、伊吹さんはにっと口角を上げた。その笑顔には、私をからかうときのような含みがある。

「そうだな。もっとうまくする方法がひとつだけあった」

　そう告げて、マフィンの残りを口に放り込むと……。

「ひとつ食べ終わってしまった。二個目は、お前が食べさせてくれ」

　私に密着し、顔を近づけてきた。

「えっ……」

「早くしろ」

無理やり手にマフィンを持たされ、『あーん』の形に口を開けた伊吹さんが催促してくる。

私が食べさせても味は変わらないと思うんだけど……っ、という気持ちは言葉にならない。顔が熱くて、全身が心臓になったみたいにドキドキしている。

震える手でマフィンをちぎり、至近距離にあるキレイな顔に近づける。ぱくりと伊吹さんがマフィンにかぶりつくと。

「……っ！」

なんと、指まで一緒に食べられた。

「うん。さっきよりうまい」

舌を出して、口の周りをぺろりとなめる伊吹さん。

私の指にはまだ伊吹さんの熱い舌の感覚が残っていて、身動きができない。

「お前にも食べさせてやろう。ほら、口を開けろ」

状況を理解する暇がないまま、言われた通りに口を開けると、マフィンと一緒に伊吹さんの指も舌に当たった。

「どうだ、うまかったか？」

私の舌が触れた自分の指を、マフィンの残りかすをなめ取るように口へ入れる伊吹さん。

「は、はい……」

頭がポーッとして味なんてわからないが、かすれた小さな声で返事をする。

驚かせたい、喜ばせたいと思っていたバレンタインだったけれど、伊吹さんのほうが一枚上手《うわて》だったみたい。

チョコレートマフィンのように私の心はふわふわと浮き足立ち、いつもより刺激的な甘さで満たされていた。

第二話　京の鬼神の過去と秘密

甘いバレンタインから数日たった営業日。定期的に鬼まんじゅうをまとめ買いしてくれるお得意様のおばさんから、ちょっとした悩み相談を受けた。

「お孫さんの職業体験、ですか？」

鬼まんじゅうのセットと、季節の和菓子いくつかを包みながら聞き返す。

今ショーケースの中にある季節ものは、水仙《すいせん》の形を模したういろうと、白あんを羊羹の花びらで包んだ〝八重椿《やえつばき》〟、薄焼きせんべいに和三盆を塗布した〝薄氷《うすごおり》〟の三種。特に八重椿は、伊吹さんの技巧が光る精巧な出来だ。ショーケースをのぞいて即決するお客様が多く、生菓子の中では一番に品切れする人気さである。

「そうやの。今度小学校でね、気になる職業を体験してみましょうっていう社会科の授業があるんよ」

「へえ、素敵ですね。お孫さんはどの職業を体験するんですか？」

そんな行事、お孫さんはさぞかし楽しみだろうな、とほっこりしながらたずねたのだが、おばさんは「うーん……」と浮かない表情だ。

「どうかなさったんですか？」

「それがねえ、孫は『和菓子屋さんで職業体験したい』ってゆうたはるけど。体験先が決まらへんのよ」

「えっ、そうなんですか？」

詳しく聞いてみると、ほかにも和菓子店希望の子はいて、先生たちがいろんな和菓子店にお願いに行っているけれど、どこからも断られているらしい。

「やっぱり、この辺の和菓子屋さんは老舗が多いから、忙しくて引き受けてくれへんみたいなんよ。あとは、老舗だと門外不出のレシピなんかもあるかもしれへんし」

「なるほど……」

企業秘密があるかどうかはわからないが、中には定休日がないお店もあるし、営業中の厨房《ちゅうぼう》に子どもたちを入れて教えないといけないから、繁盛店にそんな余裕はないのかもしれない。

和菓子くりはらだったら、どうだろう。商売優先の小倉さんが子どもを相手にするとは思えないが、祖父がいたころなら、なんとか時間を作っていたかもしれない。

祖父は地域とのつながりを大事にしていたし、なにより子ども好きだった。私を小さいころから厨房に入れてくれていたくらいだから、職業体験となったらはりきりそうな気がする。

「孫はもう和菓子屋でしたいって自分の気持ちが固まっているから、どうにか体験先が決まればいいんやけどねえ……。ほかの職業を選べってなったら、落ち込みそうやし」

そうため息をついて、おばさんは帰っていった。

「……ということなんですけど、うちで引き受けられないでしょうか」

夜、二階の茶の間でお茶を飲んでいるときに、伊吹さんに職業体験の話を切り出してみた。

「茜。それは遠回しに、その婦人からお願いされたんじゃないか？」

黙って話を聞いていた伊吹さんだが、私の説明がひととおり終わると、いぶかしげな表情でそう告げた。

「えっ……。そうなのでしょうか。言われてみれば、そんな気も……」

たしかに、私に相談したのは、そういう意味なのかもしれない。ただの愚痴だと思って『大変ですね。決まるといいですね』と答えた私に、おばさんはがっかりしていたのだろうか。

「どうしましょう。気づきませんでした……」

「どのみちその場で返事できることではないのだから、気にするな。お前はたまに抜けているところがあるが、そういう部分も好ましいからな」

流れるように甘い言葉をささやかれて、むせてしまった。ごほごほと咳《せ》き込む私の背中を「大丈夫か？」と伊吹さんがなでてくれる。

「その、和菓子屋で職業体験をしたいと言っている子どもは何人くらいいるんだ？」

私に湯飲みのお茶を渡しながら、伊吹さんがたずねる。

お茶で喉を潤してから、「ええと……」と答える。

「お孫さんと、その親しい友達とおっしゃっていましたから、二〜三人じゃないでしょうか」

すると、伊吹さんは首を傾け意外なことを言い出した。

「どうせやるなら、子どもを大勢集めたらどうだ？　うちの厨房にはもっと人が入れるだろ」

「えっ……。いいんですか？」

「当たり前だ。常連の頼みだし、なによりお前がやりたいのだろう？」

びっくりしてすぐに言葉が出てこない。でも、うれしさがじわじわと胸の中からわいてきた。

「ありがとうございます！　そうしたら、子ども和菓子体験教室を開くのはどうでしょう。職業体験以外の子も呼び込めますし」

「ほかの子どもを呼ぶなら土日だな。その週だけ定休日をずらすか」

「早めにお店を閉めるのでも、いいかもしれませんね」

伊吹さんと相談して、月末の日曜日の夕方に開催することにした。一週間以上先なので、お孫さんの通う学校に連絡する時間もチラシを配る時間もある。

「これから、なにを教えるのかも考えていかないとな」

伊吹さんがこんなにやる気を出してくれるなんて予想外だった。『面倒だ』と断られるパターンも覚悟していたのに。うちには大人のお客様しか来ないから今まで気づかなかったけれど、もしかして子ども好きなのだろうか。

その後、教室では梅の練り切りの成形を教えることに決めた。白あんに着色したものを事前に用意しておいて、包んで梅の形を作る作業を体験してもらう。これなら、子どもでも粘土細工感覚で楽しめるだろう。

ほかにも、作ってみたいオリジナルの和菓子を絵に描いてもらう体験を提案したら、採用された。どういうふうに作れば実現可能なのかも一緒に考えれば、帰宅後の親御さんとの会話もはずむだろう。私が子どものころも、『こんな形の和菓子があったらいいな』って、しょっちゅう考えていた気がするから。


そして、いよいよ子ども和菓子体験教室当日。

チラシを作って呼びかけたかいがあって、十人の子どもたちが集まってくれた。男女は半々ずつだ。六年生であるおばさんのお孫さんが同級生に呼びかけてくれたらしい。京都の伝統とも言える和菓子を学ぶということで、親御さん方も大賛成だったとおばさんから聞いた。

「今日は子ども和菓子体験教室に集まってくれてありがとう。私はこのお店の従業員で栗原茜といいます。こっちのお兄さんは和菓子職人で、伊吹さんです」

各々持参したエプロンと三角巾を身につけた子どもたちに挨拶する。今日は子どもの和菓子作りを手伝うので、接客のときに着ている着物ではなく、祖父にもらった小豆色の作務衣《さむえ》を着ている。

伊吹さんは、いつもの黒っぽい着物にたすきがけをして、腕組みをしながら立っている。

「和菓子屋さんだから、着物を着てるの？」

「そうですよ。まずは、みんなもひとりずつ自己紹介、お願いできるかな？　お名前と、好きな和菓子も教えてくれたらうれしいな」

事前に名簿と名札を作っているけれど、ここは最初のコミュニケーションとして、子どもたちの緊張をほぐすためにも自己紹介が必要だ。

「えっと、ぼくのなまえは――」

元気でリーダーシップがありそうな男の子から、進んで紹介してくれる。みんな同じ学校のお友達らしく、雰囲気がなごやかだ。

そうして、最後の子どもの番になった。この男の子は、ほかの子よりもひと回り小さく、やる気まんまんに抹茶色の着物を着ている。髪が柴犬《しばいぬ》のような薄茶色をしているのもあって、ひときわ目立っていた子だ。つり目がちの瞳がくりくりと大きく、小動物のようでかわいらしい。

「……十和《とわ》です。好きな和菓子は、おまんじゅう……」

硬い表情で私の顔色をうかがうようにして、その子が告げる。名簿と照らし合わせながら自己紹介をしていたのだが、あれっと首をかしげる。その子の名前がないのだ。

そもそも名簿は十人分の名前しかないのに、その子は十一人目だ。

「十和くん。えっと、事前に家族の人が申し込みしてくれたかな？」

「……してない」

十和くんはうつむいて首を横に振る。どうやらほかの子どもたちも彼のことは知らないようで、ざわざわしている。身体が小さいし、学年が違うのかもしれない。

事前に申し込みをしていないということは、チラシを見て直接来てくれたのだろう。

「伊吹さん、どうしましょう。材料は余分にあるし、ひとりくらいの飛び入り参加なら大丈夫だと思うんですけど――」

私の斜め後ろに立っていた伊吹さんを振り返って、ぎょっとする。

初対面であるはずの十和くんを、伊吹さんは虫を見るような目でにらんでいたのだ。

「い、伊吹さん……!?」

もともと近寄りがたい雰囲気の伊吹さんが怖い顔をするものだから、女の子たちが泣きそうになっている。

「どうしたんですか？　顔が怖くなってますよ」

「……なんでもない」

私の質問にもぶっきらぼうに答えて視線を逸らす。飛び入り参加が気に入らなかったのだろうか？　でも、ここでひとりだけ帰すのもかわいそうだし……。

「あの、いいですよね？　十和くんを入れても」

「好きにしろ」

不機嫌さを隠そうともしない態度に、私はため息をつきそうになった。こんな様子で、本当に体験教室はうまくいくのだろうか。

そんな心配をしていたが、和菓子を作る作業が始まれば、伊吹さんは熱心に子どもたちを見てくれた。教え方はたどたどしく、愛想のない口調もいつも通りだが、うまくいくまで付き合ってあげている。その丁寧さが子どもたちにも伝わるのか、だいぶ懐かれている様子だ。特に女の子の視線が熱い。

しかし、なぜかいちばん端の席にいる十和くんには近寄らないので、私がずっと教えている。

「あ、十和くん、そこはね……」

「もう！　気が散るから、ぼくが質問するまで口を出さないで！」

私が手を出そうとすると、十和くんはきっ！とにらみつけ、怒った声をあげた。

「ご、ごめんね」

なぜか最初からこの調子で、私に対する当たりが強いのだ。伊吹さんのほうをちらちらと頻繁に見ているから、本当は伊吹さんに教わりたかったのかもしれない。やっぱり伊吹さんのほうが熟練の職人に見えるよね……と、ちょっと落ち込む。

肩を落としたときに、子どもたちに囲まれ手元をのぞき込まれている伊吹さんが目に入り、思わず頬がゆるんだ。

伊吹さんは子どもだからといって特別優しくすることはないけれど、大人に対するのと同じ誠実さで子どもに向き合っている。小学校高学年くらいの子どもは自分が子ども扱いされるのには敏感だから、かえって伊吹さんのような対応がうれしいのだろう。

私たちに子どもができたら、こんな感じなのかな……。

ぼうっとそんな妄想をしてしまい、我に返ったときには耳まで熱くなっていた。

わ、私、なんてことを考えているんだろう。子どもができるなんて、正式な夫婦ではない私たちにはあるはずがないのに。

何ヵ月も一緒に住んで、本当の夫婦のように過ごしているからって、調子にのりすぎなのでは。大体、毎月添い寝しているのに、そんな雰囲気になったことすらないじゃないか。伊吹さんは甘い言葉はくれるけど、それだけだ。勘違いしてはいけない。

ぱたぱたと手で顔をあおいでいる私を、十和くんがいぶかしげに見上げる。

「ねえ。ぼけっとしてないで、ここ見てほしいんだけど」

「あ、はいはい。ごめんね、十和くん」

「顔、赤いんだけど。なに考えてたわけ？」

鋭いツッコミに、ぐっと言葉が詰まる。

「子ども相手だからってなめないで、ちゃんと真剣にやってよね」

「はい……」

もう、恥ずかしいわ気まずいわで、うつむくしかできない。

しかし、十和くんとは今日会ったばかりなのに、なんでこんなに嫌われているんだろう。

全員分の練り切りができあがったので、試食は最後に回してオリジナル和菓子を考える時間に移る。子どもたちにはスケッチブックと色鉛筆を持ってきてもらっていたが、十和くんは用意がなかったのでお店で用意したものを貸した。

事前に考えて描いてきてくれた子も多く、女の子はお花や動物の形の和菓子、男の子は乗り物やアニメのキャラクターの和菓子が多かった。ほとんどのアイディアは練り切りで実現できそうだ。

「お兄ちゃん、ぼくの考えた和菓子、見て〜！」

常連さんの孫の聡太《そうた》くんが伊吹さんの着物の袖を引っ張り、自分の絵を見せている。

短髪で表情がくるくる変わる、活発そうな子だ。

「うん？　どれどれ……」

伊吹さんはスケッチブックを手に持って見たあと、眉をぴくりと動かした。

「これは……鬼か？　棍棒《こんぼう》を持っているが」

表情も声もわずかに困惑している。どうしてこの子が鬼を描いたのかわからない、という様子だ。

「うん！　このお店、鬼まんじゅうがあるでしょ。おばあちゃんがよく買ってくるけど、あれかっこよくて好きなんだ。だから、もっとかっこいいの考えてみた！」

「私にも見せてもらっていいかな？」

私も、一緒にスケッチブックを見せてもらう。朱音堂の鬼まんじゅうは鬼の顔を模したものだが、そこには鬼の全体像が描いてあった。虎柄の腰巻きをつけて、棍棒を持っている赤鬼だ。鬼のくるくるの髪はきんとん、棍棒は棒状のチョコ菓子を持たせる、などのコメントもあって本格的だ。

「すごく丁寧に考えてきてくれたんだね！　きんとんを髪に使うアイディアなんて、

よく思いついたね」

子どもの発想力ってすごい。きんとんは、いが栗を表現するときに使ったりするけれど、巻き毛に似てるなんて考えたことなかった。

「うん！　おばあちゃんと一緒に考えたんだ」

ふふん、と自慢げに胸を張る聡太くん。私も祖父の影響で和菓子が好きになったので、常連さんとお孫さんの仲のよさがなんだかうれしくて顔がほころんでしまう。

「お前にとって鬼はかっこいいものなのか？」

「うん。強くてかっこいい！」

「……そうか。いい絵だ」

伊吹さんは聡太くんの頭をぽんぽんとなでる。聡太くんは満足げな笑顔になり、ほかの子どもたちからも「お兄ちゃん！　私の絵も見て！」「あっ、俺も！」と声があがる。

伊吹さんモテモテだなあ、と子どもたちに囲まれた伊吹さんを見つめながら、ひとりぽつんと座っている十和くんに近づく。

十和くんはどんなのを考えたのかな、と後ろからスケッチブックをのぞき込んでみると、そこには茶色くて四角い食べ物が描いてある。

これは……和菓子というより、お狐《きつね》様が好きなあの食べ物に見えるんだけど。

いや、でもまさかね、とためらっていると、【あぶらあげ】という文字が見えた。

じゃあ、この絵ってやっぱり……。

「十和くん、これってもしかして、いなり寿司かな？」

確信して声をかけると、十和くんは不満げな顔で振り向いた。

「ただのいなり寿司じゃない。それだと和菓子にならないでしょ。これはいなりまんじゅうで、油揚げの中におはぎが入ってる」

「いなりまんじゅう……！」

私は自然と、いなり寿司は食事だからお菓子にならない、という常識で考えていた。既成概念をくつがえす、なんて斬新なお菓子だろう、と感心していると、私たちの会話を聞いていた子どもたちから「えーっ」という抗議の声があがった。

「それっておいしいの？　いなり寿司ってしょっぱいじゃん。あんこなんて入れたらおいしくなさそう」

そんなふうに自分のアイディアをけなされて、十和くんはうつむいてしまった。

子どもは素直だし、悪気があるわけではないのだろう。ただ、その正直さに傷ついてしまうこともあるんだよなあと、自分の子ども時代を振り返った。

「そうかな？　いなり寿司ってもともとあまじょっぱいし、うまく工夫すればおいしい和菓子にできると思うな」

そう助け船を出したけど、本心だった。十和くんのアイディアには、オリジナリティと創意工夫があふれている。それに、甘いものとしょっぱいものを合わせた和菓子だって、いろいろあるのだ。豆大福には塩気があるし、花びら餅には白味噌《しろみそ》とゴボウの甘煮が入っている。

「たとえば、油揚げには醤油《しょうゆ》を入れずに甘く煮たり、そのぶんおはぎのあんこを甘さ控えめにしたり……」

子どもたちに説明しながら、ちらっと伊吹さんを横目で見る。なぜか十和くんを避けている伊吹さんだけど、フォローしてくれないかなという期待を込めて。

じっと視線を送っていると、伊吹さんははぁとため息をついて仕方なさそうにパンパンと手を叩《たた》いた。子どもたちが伊吹さんに注目してから声を張る。

「お前たち。しょっぱいものに甘いものを入れるのはおかしいと決めつけているみたいだが、みたらし団子にだって醤油は入っているんだぞ。あれにあんこをのせたっておかしくないだろう？　団子は米でできているから、同じ材料のいなり寿司にあんこを入れるのもありということだ」

伊吹さんの主張する理論に子どもたちは聞き入り、『なるほど……』という表情を浮かべていた。

やっぱり伊吹さんは子どもの心をつかむのがうまい。私にはこんなふうにみんなを納得させることはできなかった。それはきっと、伊吹さんが子どもと同じように常識にとらわれない自由な人だからなんじゃないかな。

「じゃあ、十和くん。いなりまんじゅうをどうやって実現したらいいか、一緒に考えてみようか」

みんなの輪には入らず、伊吹さんをじっと見ている十和くん。その肩に手を置くと、素直にこくんとうなずいた。

「……あの。さっきは、ありがと」

照れくさいのを我慢しているようなしかめっつらで、そっぽを向きながらお礼を言われた。

初対面の男の子に冷たくされるのは意外とダメージがあったけれど、感謝されてそんなショックも吹き飛んでしまった。

ちゃんと『ありがとう』が言えるんだから、十和くんはいい子なんだ。冷たくされたのは、きっと私のなにかが気に入らなかっただけか、たまたま機嫌が悪かっただけなのだろう。

「ううん、本当にそう思っただけだから。私、十和くんのこのアイディアをどうやって実現させようか、とってもワクワクしているの」

「……おいしくできる？」

「うん！　できるよ」

満面の笑みでうなずくと、十和くんも表情をゆるめてくれた。

そのあとは、おはぎと油揚げをどんな味付けにするか、あんこはご飯の周りにまぶすか中に入れるかなど、いろいろと話し合った。

十和くんはこちらが大人でも臆することなく意見を出してくれるので、いなりまんじゅうがどんどん形になっていくのが楽しかった。

話し合いが進むにつれ、十和くんの態度もどんどん軟化していって、人懐っこさも顔を出してくる。「茜おねえちゃん、ここはどうする？」と色鉛筆を握りながら聞いてくるのがかわいくて、つい頭をなでたくなった。

「うん、これなら実際に作ってみても、おいしいものができそう！」

最終的には、レシピはほとんど完成に近づいた。細かい分量などは、おうちで家族と一緒に作りながら調整してもらえれば大丈夫だろう。

完成したスケッチブックにキラキラした視線を送ったあと、十和くんは神妙な様子で私を見上げた。

「あの、茜おねえちゃん。ぼく、最初は嫌な子だったのに優しくしてくれてありがとう。……ごめんなさい」

「全然気にしてないよ。こちらこそ、仲よくしてくれてありがとう」

おずおずと小さな手を差し出してきたので、ぎゅっと握手する。

ふと視線を感じて振り返ると、伊吹さんが私と十和くんの様子を凝視していた。

「伊吹さん……？」

体験教室中なのだから見ていてもおかしくはないのに、あわてたように目を逸らされて不審に感じる。

なんだろう。十和くんの態度も伊吹さんの態度も少し引っかかる。

オリジナル和菓子を考える時間が終わったら、お楽しみの試食会だ。お店に出してあるお手本と比べながら、先ほど成形した梅の練り切りを試食する。

でも、試食も楽しいだけではない。上手にできたと思っていても、お手本と比べるといびつだったり、左右がそろっていなかったりする。

お菓子用の楊子《ようじ》である黒文字で半分に切ってみるとその違いはますます顕著で、子どもたちの作ったものは、中のあんこが丸くなっていなかったり、包あんしたピンクのあんこと中のあんこがうまくくっつかず分離してしまっていた。丁寧にやろうとするあまり、手の脂があんこの表面につきすぎて起こるミスだ。

わざわざ商品と比べるようなマネをしなくてもいいんじゃないか。みんなで楽しくお菓子を食べて終わりでいいんじゃないか、と私は伊吹さんに意見した。でも……。

『体験教室に来る子どもたちは、将来和菓子屋になりたいから職業体験にうちを選んだのだろう。だったら、俺たちの役目は最後まで教えることだ。作って楽しい、だけなら家でもできる』

と、伊吹さんは考え方を変えなかった。

そのときに危惧していたことが、今目の前で起こっている。見た目はキレイにできたのに中が分離していた自分の練り切りを見て、女の子が目を潤ませている。

「みんな、落ち込まなくて大丈夫だよ。最初なのに上手にできていて、すごいよ」

そう声をかけるけれど、子どもたちの下がったテンションは元に戻らない。

すると、伊吹さんがずいっと前に進み出て、腕を組みながら教え諭す口調で言い放つ。

「お前たち、がっかりする前に自分の作った菓子を食べてみろ」

ざわ……と空気が動き、子どもたちが顔を見合わせた。みんな自分の作った和菓子を口にすることにためらいがあるようだったが、最初に十和くんが動く。

「……おいしい」

そのつぶやきを聞いて、ほかの子どもたちも次々と自分の作った練り切りを口に運んでいく。

「おいしい」「甘い」という声があがり、暗かった子どもたちの顔に笑顔が戻る。

「どうだ。ちゃんとうまいだろう。俺はな、店を開くまでまずい菓子ばかり作っていたんだ。そこにいる茜が証明してくれる」

「えっ」

急に話を振られて戸惑う。これは、どこまで暴露していいものなのだろうか。

迷ったが、伊吹さんに鬼の目力でアイコンタクトされて、正直に答えた。

「そ……そうですね。最初に食べたのは豆大福だったんですが、あんこは甘すぎたし、大福の皮はやわらかすぎたし、とてもお店に出せるようなものじゃありませんでした……」

私の言葉に、子どもたちはびっくりして目を丸くしている。

「それに比べたらお前たちは上出来だ。筋がいい。それに、不出来な菓子を見て悔しがる向上心もある。お前たちが本気で目指すなら、ここにいる全員が和菓子職人になれると俺が保証する」

この場の空気ががらりと変わり、温度が上がったのを私は目と肌で感じた。子どもたちからわき上がる、喜びと熱気。それは一心に、伊吹さんへと向かっている。

頬を紅潮させた男の子が、おずおずと手を上げる。

「そ、そのときは、このお店で雇ってくれる……？」

「ああ、もちろんだ。全員まとめて弟子入りさせてやる」

わあ、と子どもたちから歓声があがる。十一人の子どもたちを全員弟子入りなんて普通はできないけれど、伊吹さんならやってのける気もする。

私は、子どもたちに楽しい体験をさせることしか考えていなかった。でも伊吹さんは、子どもたちの将来まで見通していたんだ。悔しい思いをしたあとのフォローまで、ちゃんと。

目をキラキラさせている子どもたち。この中の何人かは、将来本当に和菓子職人になるだろうなと、そんな気がした。


和菓子のお土産を持たせて、店の外まで子どもたちを見送る。

ほとんどの子どもたちは元気に手を振って帰っていったが、十和くんと常連さんのお孫さんが残っている。聡太くんはひときわ伊吹さんに懐いていたので、離れがたくて伊吹さんの着物をつかみながら涙目になっている。

「なぜそんな顔をするんだ。また店に来たらいいだろう。すぐ会えるじゃないか」

子どもにすがりつかれるなんておそらく初めての体験だろうから、伊吹さんは困り果てていた。どう声をかけても聡太くんが手を離さないので、弱った犬みたいな目で私に助けを求めてくる。貴重な表情が見られて、ちょっとうれしい。

「伊吹さん。子どもにとってはそうじゃないんですよ。またすぐ会えるとしても、今日離れるのが寂しいんです」

私が子どものころもそうだった。明日また学校で会えるとしても、友達とバイバイするのがつらかった。夏休みなどの長期休暇のときなんて、遊べるのが数日後でも一週間後でも、すごく先に思えたものだ。子どもの時間の流れは大人とは違っていて、一日一日がとても濃い。

「む……。そうなのか」

「じゃあ、今度はおばあちゃんと一緒にお店にお買い物に来るっていうのはどうかな。もうすぐ三月だから、春のお菓子が並ぶの。ひなあられもあるんだよ」

そう提案したら、聡太くんはやっと顔を上げてくれた。

「あ……。それ、好き。給食でも出るんだ」

「男子三日会わざれば刮目《かつもく》して見よ、というからな。次に会うときのお前の成長を楽しみにしている」

「……うん！　わかった！」

笑顔になって帰っていく聡太くん。手を振りながら後ろ姿を見送っていたら、十和くんがこそこそと帰ろうとしているのが目の端に見えた。

「ちょっと待て」

しかし、そんなごまかしが伊吹さんに通用するわけがなく、着物の後ろ衿をむんずとつかまれていた。

「どういうつもりだ、十和。こんな小細工までして」

ぺしぺしと十和くんの頭とお尻を叩く伊吹さん。

「い、伊吹さん！　ダメですよ、子どもに手をあげちゃ……」

あわてて伊吹さんの腕をつかむが、伊吹さんは怖い顔をしたままぺいっと十和くんを放る。

「茜、よく見ろ。こいつはただの子どもじゃない」

「うう、いてて……」

うずくまった十和くん。その頭にはふたつのピンととがった耳が、お尻からはふさふさのしっぽが生えてくる。最中の皮にも似た、金色に近い茶色。その動物は、十和くんが描いたいなりまんじゅうからも容易に想像できるもので……。

「きつね……!?」

「そうだ。こいつは、『伏見稲荷《ふしみいなり》神社』の稲荷神に仕える見習い狐だ」

まさか新たな神様?とこんな形で出会うことになるなんて……。

唐突な展開に、私は驚きを隠せなかった。

お店の玄関先でやり合っているわけにもいかないので、十和くんを店の中に入れ、喫茶スペースに座ってもらう。

「ふたりは知り合いだったんですね……。お狐様ということは、十和くんは神様なんですか？」

「いや、稲荷神に仕える狐は神ではない。神の使いだから、近い存在ではあるが」

なるほど。西洋の神様と天使みたいな関係なのか。

詳しく話を聞くと、だいぶ昔、十和くんがまだ生まれたばかりのころに伊吹さんは偶然出会い、懐かれて世話をしていた時期があるという。

もしかして伊吹さんは子ども好きなのかもと思ったけれど、やっぱりそうなんだ。自分の子でもないのに親代わりになるなんて、なかなかできない。面倒見がよいのは、今日見ていて知ったけれど。

「ぼくの十和って名前も、伊吹がつけてくれたんだ」

十和くんが自慢げに鼻の穴を膨らませる。

「そうなんですか。かわいい名前ですね」

褒めたのに、伊吹さんは眉間に皺を寄せる。

「こいつがそのとき十歳だったからつけただけだ」

それが昔ということは、十和くんはこう見えて私よりも年上なのか。

十和くんと伊吹さんの関係は理解したけれど、どうして伊吹さんがこんなに十和くんに冷たく当たるのかわからない。知り合いが訪ねてきてくれたら、普通はうれしいものなのでは？

「……で、お前はどうして人間に化けてこっそり店に来るようなマネをしたんだ」

「それは……」

伊吹さんにぎろりとにらまれ、十和くんが首をすくめる。

「大丈夫。怒らないから教えてくれるかな」

私がうながして、やっと重たい口を開いてくれた。

十和くん曰《いわ》く、伊吹さんが和菓子店を開いたと噂《うわさ》で耳にして、オープン後すぐに一度見に来ていたらしい。店の中には入らず、遠くから店内をうかがっただけだったが。

そのとき、知らない人間——つまり私がいて、伊吹さんと仲よくしていたから嫉妬した。私たちが結婚したというのも、そのとき初めて知ったようだ。

たぶん、十和くんはお父さんを取られてしまったような気持ちだったのだろう。

そして今日は、私に嫌がらせしようとわざわざ体験教室にしのび込んだらしい。

「それで最初、あんな態度だったんだね」

「うん。でも、茜おねえちゃんに優しくされて、お母さんみたいだなって思ったんだ。伊吹がお父さん代わりなんだから、茜おねえちゃんがお母さんでも間違いじゃないでしょ？　ふたりは夫婦なんだから」

「えっ。お、おかあ……」

顔がボッと熱くなった。私の妄想を言葉にされたみたいで恥ずかしくなる。伊吹さんの反応はどうだろうと視線を移すと、口元を押さえたまま黙っている。目の周りと、耳が赤くなっているのが見えた。

「伊吹はもともと暗くて怖かったけれど、十年前に急に変わって和菓子を勉強するようになったよね。今日ふたりを見ててわかったよ。あれって、茜おねえちゃんが原因なんでしょ？」

「えっ、私が？」

十和くんが訴えるように告げて、伊吹さんの着物の袖をつかむ。すると、一気に伊吹さんの周りの空気が冷たくなった。

「余計なことをばらすな！」

伊吹さんがどなり、十和くんがビクッと身体を揺らした。

「ご、ごめんなさい。言っちゃいけなかったの……？」

涙目の十和くんが謝ると、伊吹さんは唇を噛《か》みしめて顔を逸らした。

そこまで私に知られたくなかったのだろうか。だとすれば、きっと伊吹さんの正体に関係することなんだ。

十年前に、なにがあったのだろう。そういえば、以前つぶあんが言っていた、小豆を洗う音を聞きに来なくなった時期も十年前だった。

そして私にも、その時期に当てはまる記憶がある。

「私……十年前にある神社に通っていたんです。つい最近、思い出したんですけど……」

ためらいながら口を開く。十和くんはハラハラしながら、伊吹さんは痛いくらい真剣な顔で、話し出す私を見つめていた。

「祖父に引き取られたばかりのころでした。祖父が首を痛めて、しばらくお店を休んでいた時期があるんです。そのとき、京都には首から上に御利益のある神社があるって聞いて、毎週お参りして和菓子をお供えしていました」

小学生だった私は、自分を引き取ってくれた優しいおじいちゃんが痛い思いをしているのがつらくて、どうにかできないか考えた。そしてお客さんたちから聞いたのが、その神社の話だった。

「その神社が、首塚大明神……。とても有名な鬼の神様を祀っている神社です」

京都の外れの山にあるので、小学生の足では遠かった。それでも電車とバスを乗り継いで、寂しい場所にぽつんとある神社へ和菓子を持って週末ごとに通っていた。

首の痛みで祖父を亡くすことはないと大人になった今ならわかるが、当時の私はまた大事な家族を失ってしまうのではないかという恐怖を感じていた。

その恐怖を、神社にお参りすることでやわらげていたのだ。

今まで散らばっていたピースが集まってくる。

どうして伊吹さんの首に傷跡があるのか。どうしてお酒に嫌な思い出があって禁酒をしているのか。そしてかたくなに正体を教えてくれなかった理由も。

……今、全部、わかった。

「やっぱり伊吹さんが、首塚大明神の鬼神——酒呑童子《しゅてんどうじ》なんですね」

伊吹さんが寂しそうな、泣きそうな顔で微笑む。

「やはり、お前はもう……気づいていたんだな」

あきらめたようにつぶやく彼の手を取りたいけれど、この場に満ちた緊迫した空気にのまれ動けずにいた。

「そうだ。俺は……この国で最も恐れられていた鬼、酒呑童子だ」

伊吹さんの瞳が赤く光り、怜悧《れいり》な刃物のような雰囲気に変わる。思わず、ひゅっと息をのんでしまう。

十和くんが気遣うように私を見上げたので、声を出さずに『大丈夫だよ』と伝える。

「もう隠す必要はなくなったな。……お前に話そう。俺の過去を」

「……はい、覚悟はできています。話してください」

私はこれから、知りたいと思っていた伊吹さんの過去と秘密を受け止める。

私たち三人は、店から二階の住居へと場所を移した。お茶という雰囲気ではないが、少しでも十和くんがなごむように和菓子と緑茶を出す。

「……弱ったな。いつかこの日が来ることはわかっていたのに、どこから話したらいいのか検討がつかない」

くしゃりと髪の毛をかき上げた伊吹さんの声は、少し震えていた。私はそこでやっと、彼の手に自分の手を重ねた。

「ゆっくりで、いいです。私はいくらでも待ちますから」

話すのをためらってくれるのは、それだけ私を大切に思ってくれているからだ。

「茜……」

つぶやいたあと、伊吹さんは大きく息を吐き呼吸を整えた。

「十和。お前は帰ってもいいんだぞ。どうせ知っている話だろう」

伊吹さんの声に怒気はにじんでいなかった。十和くんはホッとした様子だったが、首をぶんぶんと横に振る。

「ううん。こうなったの、ぼくのせいなんでしょ。だから話が終わるまでいる」

「そうか。では、俺が鬼になる前、人間だったときの話からするとしよう」

そうして、伊吹さんの長い長い昔話が始まった――。

それは今から千年以上前、平安時代のころ。やはり人間だったころから美形だった伊吹さんは、多くの女性たちから慕われ恋されていた。

「そのころは恋文が主流でな。あまりにもたくさんもらうから、返事を書くのも読むのも面倒になってしまった」

そこで伊吹さんは、もらったラブレターを読まずに燃やしてしまったのだ。

「そうしたら、その煙が俺の周りを取り囲み……気づいたら鬼になっていた」

信じられないが、想いを伝えられなかった女性たちの怨念が伊吹さんを鬼にしたのだ。

源氏物語にも嫉妬から生き霊になって人を殺してしまった話があるし、平安時代は今よりももっと、あやかしや神様と人間の距離が近かったのかもしれない。なにせ陰陽師が公務員扱いだったころなのだ。

「今なら、気持ちを無下にされた相手の気持ちも理解できるが、当時はなぜこんなことと女を恨んでいたな」

だから伊吹さんは、『女はこりごり』と言っていたんだ。

鬼になってからは、周りの人間を憎む気持ちから若い姫君をさらい、金品を盗むなど悪事を繰り返し、たくさんの鬼たちを配下に置くことになる。

「ありとあらゆる悪さをしたし、口に出せないような残虐な行いもした。……それでもお前は俺が怖くないのか？」

節分のときに、伊吹さんがあんなに思い詰めていた理由がわかった。

この人は怖いんだ。自分のしてきた罪が大きすぎて、後悔も抱えきれなくて。それをずっと、ひとりで耐えてきたんだ。

「怖くないです」

重ねた手をぎゅっと握る。話し出してから少し冷たくなってきた、伊吹さんの手を。

伊吹さんのしてきた悪事が、まったく気にならないかと言ったら嘘になる。でも、伊吹さんがどれだけ反省してどれだけ苦しんできたかなんて、今の彼を見ていればわかる。

だったら私は、自分の気持ちから逃げずに受け止める。彼の罪を後ろめたく思う気持ちも、彼を好きな気持ちも、本当なのだから。

「やけくそだった。自分は被害者だとおごっていたんだ。悪事に手を染めて酒をくらっている間だけは己の境遇を忘れられた。一時の快楽に溺れていたんだ」

そうして伊吹さんは、酒呑童子――もしくは朱点《しゅてん》童子、伊吹童子と呼ばれる、日本で最凶の鬼とうたわれるようになった。

「朱音堂に自分の名前が入ってるって、そういう意味だったんですね」

「ああ。……無理やりだがな」

そのときを思い出したように、伊吹さんはかすかに目元を細めた。

各地の山々と転々としたあと京都の大江山《おおえやま》に住み着くようになった酒呑童子は、鬼退治に来た源頼光《みなもとのよりみつ》と藤原保昌《ふじわらのやすまさ》に首を切られ、倒される。

「それが、満月の夜だったんだ。千年もたつというのに、いまだ満月になると首の傷がうずく」

伊吹さんは死に際に自分の悪事を振り返り改心し、鬼神として首塚大明神に祀られる。

どこに住んでいるのかたずねたときに『詮索するな』と強く拒絶されたのは、神社が住処だったからだったんだ。

「鬼になったのも、神になったのも、自分の意思ではなかった。改心はしたが、神になんてなりたくなかった。どうしてあのまま死なせてくれなかったのかと、俺は人間を恨んだ。……まだ自分の境遇を全部、他人のせいにしていたんだな」

自嘲するように笑う伊吹さん。

「そんな目にあったら、だれだって周りを恨みます」

「いや、まず茜だったら恨みをかって鬼になることはないだろうし、神になってからも自分の務めを果たそうと努力しただろう。俺のようにはならないはずだ」

「……わかりません。だって私は、伊吹さんのようにつらい経験をしていないから」

私が人生でいちばんつらかった出来事は、祖父が亡くなって店を奪われたこと。鬼になって殺され、神になって復活するなんて経験は想像もつかないから、『自分が絶対こうなる』とは断言できない。

孤独だった彼の千年を思うと、涙が出てきた。共感してあげられなくて悔しい。

「泣くな、茜。お前に泣かれると、つらい」

伊吹さんが私の涙を人差し指でぬぐう。『知っている話』と言っていたが、対面に座った十和くんも涙をこらえていた。

「神になってからはなにをしていいかわからず、ただぼうっと毎日を生きていた。たまに気まぐれで御利益を与えたり、十和のような狐を拾ったりして暇をつぶしていた。それが変わったのが……十年前だ。お前がきっかけをくれた」

「私のお参りですか？」

たしかに毎週お参りはしたが、ただの参拝だ。ここまでありがたがられる話ではないと思っていたけど……。

「ああ。それまでも心霊現象を期待して肝試しに訪れる人間はいたが、あそこまで真剣に毎週参拝してくれたのはお前が初めてだった。なにかを供えてもらったのも」

「そうだったんですか……」

首塚大明神は市内からは離れた山の中にあるし、周りになにもない寂しい場所だった。観光地でもないから人が来ないのは仕方ないにしても、ホラースポットになっているだなんて知らなかった。

「たまたま満月の夜で苦しんでいるときに、お前が供えた和菓子を食べたんだ。すると、痛みも苦しみもやわらいだ。きっと茜の純粋な思いが詰まっているから薬になるのだと感じた。それからだ、俺の神としての意識が変わったのは」

祖父の首が治り、私が首塚大明神を訪れなくなっても、伊吹さんは私をずっと見守っていた。

「えっ。ずっと……ですか!?」

「ああ。お前がすくすくと成長していくのを見届けるのは楽しいものだった。子どもの姿も、中学生の姿も、高校生の姿も知ってる」

「なんだか、恥ずかしいです」

まさか変なところは見られてないよね、とドキドキする。

「なにが恥ずかしいんだ。お前のかわいらしさも純粋さも、今も昔も変わらないだろう」

十和くんが目を丸くして伊吹さんを凝視し、私の顔はますます熱くなった。

「伊吹、本当に変わったんだな……」

感心したようにつぶやく十和くんと、「なんで顔が赤いんだ？」と首をかしげる伊吹さん。ふたりに見つめられて、『もうかんべんしてください……』という気持ちで肩を縮める。

「その過程で、和菓子にも興味が出た。茜をもっと理解したくて学び始めたのだが、だんだんと楽しくなってな。いろんな和菓子店を回って職人の手元をのぞいていたんだ。京都の和菓子店はほぼ行き尽くした」

職人の基本である『見て学ぶ』を伊吹さんは十年も実践していたのだ。味はともかく技術がここまで身についたのは、元来の手先の器用さと真面目さがあったからだろう。

「そうして半年前、俺はお前の祖父の寿命があと少しだと気づいた」

「あっ……」

心臓がドクンと鳴る。祖父が冷たくなっていたあの朝の光景がフラッシュバックし、身震いをした。

「つらいことを思い出させてすまない。……寿命に気づいていたのになにもできなかったのも」

伊吹さんが私の肩を引き寄せ、気遣わしげな眼差しを向けてくる。

「いいえ。見守っていてくださっただけで、充分です」

弁天《べんてん》様や天神様を見てきて、神様が万能ではないとわかっている。定められた寿命は、神様だって変えられない。ただ、あのつらかったときに伊吹さんがそばにいてくれたんだと思うだけでなぐさめられる。

「注意してお前の周囲を見ていたら、祖父の葬儀のあと、小倉がよからぬことをたくらんでいると知った。それで弁財天《べんざいてん》を頼り、急遽《きゅうきょ》店を用意してお前を迎えに行ったんだ」

「そんなに急いで、この店を用意してくれたんですか……」

伊吹さんの話が、やっとあの日につながった。掃除が行き届いていなかったのも、できたばかりの店を放って私を迎えに来たのも、伊吹さんが精いっぱい急いで私の居場所を作ってくれた結果だったんだ。

感激して、胸がじわっと熱くなる。

「最初は、俺が酒呑童子だと知られたらお前に怖がられ、逃げられると思っていたから、隠しておく予定だったんだ。もっと親しくなって……信頼を得てから自分の正体を明かし、求婚する予定だった」

「えっ、求婚……!? 私に、ですか？」

もしかして、以前伊吹さんが寝言で口走った『きゅうこ……』は求婚のことだったの？

「そうだ。しかし、予定が狂った。鬼化したところをうっかりお前に見られてしまったんだ」

「出会った日の、あの満月の夜ですね……」

うなり声が聞こえ、おそるおそる店に下りたら鬼の姿になった伊吹さんと遭遇した。苦しんでいる彼に和菓子を与え、朝まで看病したんだった。

そうして、朝になって落ち着いた伊吹さんに、鬼の姿を見られたからには殺されるか嫁になるか選ばなければいけない、と告げられたのだ。

思い出してしんみりしていると、伊吹さんからとんでもない事実を聞かされた。

「正気に戻ったあと、このままでは逃げられると焦り、とっさに嘘をついて無理やり結婚させたんだ」

「ええっ、鬼の姿を見られたら殺さなきゃいけないって、嘘だったんですか!?」

「そんな決まりはない」

平然と言い放つ伊吹さん。

「そ……そんな」

死ぬか嫁になるかの二者択一で結婚したと信じていたのに……。最初から私は、伊吹さんの手のひらで踊らされていたのか。

がくっと肩を落とす私を見て、伊吹さんの顔色が曇る。

「悪かった。お前をだまして結婚させたことをずっと後悔していた。だから、せめてけじめとして、祖父の店を取り戻すまで正体は隠し、明かしてから改めて求婚しようと思っていたんだ」

天神様のお茶会のあと、伊吹さんは梅苑《ばいえん》で約束してくれた。時が来たらすべて話すと。

「ごめん……ぼくのせいで計画が狂ったんでしょ？　せっかく伊吹が茜おねえちゃんに……」

うつむく十和くんの頭に、伊吹さんがぽんと手を置いた。

「もういい。ずっと隠しているのもつらかったんだ。早めに話せてよかったのかもしれない」

伊吹さんの告白を冷静に聞いていた私だったけれど、さっきから心臓のドキドキを隠すのが難しくなっている。

十年前から私をずっと見守っていてくれた。最初から私に、プロポーズするつもりだった。それが示す事実は、つまり……。

「あ……あの。求婚するつもりだったってことは、伊吹さんは私を……」

心臓が破裂しそうなくらいドキドキと高鳴っている。

こんなことを自分から聞くなんて恥ずかしいし怖い。唇が細かく震えるけれど、それでも確認せずにはいられない。

そして、私のずっと欲しかった言葉が伊吹さんから発せられた。低く、甘い声で。

「愛している。十年前からずっと、茜だけを愛してきた」

伊吹さんのまっすぐな言葉が私の胸にキュンと突き刺さる。うれしさと驚きで、涙がボロボロとあふれてきた。

「私、ずっと……自分をかりそめの花嫁だと思っていて……」

伊吹さんを好きになってからは、その状態がつらかった。伊吹さんが必要としているのは私の舌と和菓子の知識だけなんだと。

でも、違ったんだ。伊吹さんの愛は、私の想像よりもずっとずっと深かった。

伊吹さんが私の頬にそっと手を添える。

「つらい思いをさせてきてすまない。しかし、ここで泣くということはお前も同じ気持ちだと考えていいのか？」

黒曜石のような瞳が揺れて、伊吹さんも緊張しているのがわかる。

私は頬に触れた伊吹さんの手を両手で包み込んだ。

「はい。伊吹さんが好きです。夫婦として過ごすうちにいつの間にか……あなたを好きになっていました」

やっと直接、伊吹さんに想いを告げることができた。

伊吹さんの優しさ、弱さ、強さに触れるたびに、その気持ちはどんどん膨らんで、愛になっていった。伊吹さんの十年の想いにはかなわないかもしれないけれど、同じくらい私も伊吹さんを愛している。

「茜……！」

伊吹さんが、ぎゅっと私を抱きしめる。

今までも抱きしめられたことは何度もあった。けれど、こんなに温かい涙が流れたのは初めて。想いが通じ合ったせいか、伊吹さんの腕の中がとても安心する。ここが私の居場所なんだって感じられる。

これでもう私たち、本当の夫婦になれたんだ。お互いを愛し合う、普通の夫婦に。

伊吹さんが腕によりいっそう力を込め、切なげなため息を漏らす。

「い、伊吹さん、苦しいです」

「す、すまない。感極まってしまった」

ふたりで顔を見合わせて、ふふっと笑う。そして、伊吹さんの表情が緊張したかと思うと、私の後頭部に手が触れた。

「茜――」

伊吹さんのキレイな顔がだんだん近づいて、私もまぶたを閉じたとき――。

「あのさ。ふたりとも、ぼくがいるって忘れてない？」

気まずそうな十和くんのつぶやきが横から放たれ、私たちはあわてて身体を離した。

「ご、ごめんね、十和くん」

「すまん、お前がいることを一瞬忘れていた」

あのままジャマが入らなかったら、キス……していたよね。

心の準備ができていたわけじゃないのに、ちょっと残念がってしまう自分に赤面した。

話が一段落したので、店の玄関まで十和くんをお見送りする。もう外は、とっぷりと日が暮れて暗くなっていた。

「じゃあね、十和くん。今日は来てくれてありがとう」

「うん……」

十和くんは伊吹さんをちらちらと見上げて、離れがたそうにしている。

「伊吹さん……」

なにか言葉をかけてほしくて目線を送ると、伊吹さんはため息をついて腕を組んだ。

「十和。これからはこういう手段を取るんじゃなくて、普通に店に来い。ごちそうくらいしてやるから」

ぶっきらぼうに放たれたセリフだけど、十和くんの顔はぱあっと明るくなる。

「……うん！」

ふにゃんと垂れていた耳としっぽが、ぴん！と元気になる。

「またね！　伊吹、茜おねえちゃん！」

私たちに向かって手を振った十和くんは、どろん！という音と共に煙のように消えた。十和くんがいた場所には、緑色の葉っぱが一枚ひらひらと舞っていた。

「き、消えちゃいましたね」

「狐だからな」

伊吹さんはさも当然のように答えるけれど、普通の狐は化けないし消えない。

それにしても、狐の術って、本当に葉っぱを使うんだ。もしかしてタヌキもそうなのだろうか。

「あの……伊吹さん。十和くんの名前の由来なんですけど」

二階に戻りながら、気になっていたことをたずねてみた。

「十歳だからじゃなくて、本当は〝永遠〟のほうの〝とわ〟ですよね」

先を歩いていた伊吹さんは、驚いたように振り返った。これはきっと、正解の反応だ。

子どもに永遠の名前をつける場合は、『永遠に元気でいてほしい、幸せでいてほしい』そんな願いが込められている場合が多いんじゃないだろうか。伊吹さんも、きっと同じ。

伊吹さんは私の質問に答えないけれど、確信を持って続ける。

「本当は十和くんを、とっても大事に思ってるんじゃないんですか？　今日の伊吹さん、なんだか無理して十和くんを無視しているように見えました」

「……抜けていると思いきや、お前は妙なところで鋭い」

追い打ちをかけると、観念したようにため息をつく伊吹さん。

「……あいつは今、見習いの大事なときだ。あまり俺にばかりべったりだと修行のためによくないから突き放していたんだ。まさかこんな手段で店に来るとは予想外だったが……」

そういう理由で冷たくしていたのか。親離れのため、ということだよね。

私も小さいころに親をなくしたので、十和くんの気持ちがわかって胸がぎゅっと苦しくなった。

「たしかに、あんまり親に甘えすぎなのもよくないですが……。十和くんはちゃんとわかっていると思いますよ。だからここに来たときくらいは甘やかしてあげてもいいのかなって。きっと普段は弱音も吐かずにがんばっているでしょうから」

神様の使いの修行がどれくらい厳しいのかは不明だけれど、離れて暮らしている十和くんと伊吹さんが、たまの再会の時間くらいはなごやかに過ごせたらいいと思う。

そのくらいのごほうびは、十和くんにあってもいい。

「そうか……。だったら今度はもう少し優しくしてやるか」

「はい。十和くん、きっと喜びます」

二階への階段を上りきったあと、伊吹さんは私の前に立ち塞がる。自然と私は伊吹さんを見上げるかたちになるが、電気もつけず薄暗い中、伊吹さんの唇がにやっと弧を描いたのが見えた。

「しかし、今日は収穫もあった」

「収穫、ですか？」

こういう表情のときの伊吹さんは要注意なので、少し警戒しながら聞き返す。

「ああ。今まで自分が子どもを持つなんて考えたこともなかったが、お前が十和の世話を焼いているのを見て、お前との子どもが欲しくなった」

「えっ！」

今日私も同じことを考えていた。そのときは契約夫婦の私たちに子どもができるなんてありえなかったけれど、普通の夫婦になった今、急に現実味をおびてくる。

「わ、わた——」

私も、と答えようとして、ハッとなる。

さっき、いい雰囲気になったばかりだ。そんなタイミングで同意したら、そういう行為を了承したものだと思われないだろうか。夫婦なのだからいずれそうなるのが自然だとはわかっているが、さすがにまだ覚悟はできていない。なにせ、恋愛初心者の私が両思いになったばかりなのだ。

「ん？　なんだ？」

「私もその……。いつか子どもは欲しいです。今じゃなくてその、もう少しあとに」

指を組んで、つっかえながら告げると、伊吹さんは私の動揺を見透かしたかのようにふっと笑った。

「そうか。視野に入れておこう」

そんなふうに言われたら余計に緊張するけれど、まさか伊吹さんはそれすらも見越していたのだろうか。

ただ今は、この甘いドキドキをもっと味わっていたいと思った。

そして数日後。三月に入ってすぐの日に、十和くんが人間の姿で買い物に来た。子どもが着物姿でいると目立つと学んだのか、平日の閉店間際に。

「こ、こんにちは。和菓子、買いに来たんだけど……」

背伸びしてショーケースの上に手を置く十和くん。『てぶくろを買いに』のワンシーンみたいでふふっと笑みがこぼれる。

「ありがとう。その前にこれ、試食してくれるかな？」

私は小皿にのせた、黄金色で俵型の食べ物を差し出す。

「……いなり寿司？」

和菓子には見えないそれを手に取り、十和くんはいぶかしげに首をかしげる。

「ふふ。食べてみて」

うながされるまま口に運んだ十和くんは、目を見開いて叫んだ。

「……これ！」

口の端には、あんこがついている。

「いなりまんじゅう。新作で出そうと思って、試作品を作ってみたの。どうかな？」

「すっごくおいしい！　ちゃんと和菓子の味がする！」

そのセリフの通り、十和くんはいなりまんじゅうを一気にぺろりと平らげた。

「ちなみにこれ、特別に作ってみようって提案したの、伊吹さんなんだよ」

「伊吹が……？」

子ども和菓子体験教室の次の日、油揚げを買ってきた伊吹さんが照れくさそうに『茜、手伝ってくれないか』と頼んできたのだ。

次に店を訪れたときに、十和くんの考えた〝いなりまんじゅう〟を食べさせてあげたい。言葉にしなくても、伊吹さんのそんな親心が伝わってきた。

「これからも、いつでも食べに来てね。私も伊吹さんも待ってるから」

「うんっ……！」

十和くんがうなずき、厨房から伊吹さんが出てくる。前回よりも穏やかなふたりの再会を、私は温かい気持ちで見守った。

この冬の終わり。私は伊吹さんの正体を知ったけれど、彼への気持ちはなにも変わらなかった。私が見てきたのは、今ここにいる伊吹さんだから。

過去の罪は私も一緒に背負って、もし彼が思い出すことがあれば一緒に苦しみたい。

千年の孤独を味わった彼に、少しでもぬくもりをあげられたらいい。もう二度と、ひとりぼっちだと感じないように。

本当の親子のような伊吹さんと十和くんを見ながら、春の訪れにそう誓った。

第三話　神様の花嫁の条件

伊吹さんから過去の秘密を打ち明けられ、想いが通じ合ってから、約一週間がたった。伊吹さんはもともとストレートな愛情表現をする人だったが、それがますます激しくなっている。

隙があれば『好きだ』『愛している』と耳元でささやかれ、髪やおでこにキスされる。まだ唇へのキスはないけれど、今の私はこれだけで心臓が爆発しそうだ。

ドキドキして赤くなったり汗をかいたりしている私を見て、伊吹さんはちょっとずつ仲を深めようとしてくれているのかな……と予想している。

そして、『夫婦なのだから毎日一緒に寝るべきだ』と主張され、満月の日以外も添い寝して眠ることになった。もちろん、腕枕され抱きしめられた格好で。さらに、私が眠るまでずっと、髪をなでられ頭にキスされている。

気になって、腕が痛くなったり疲れたりしないのかとたずねたのだが、『まったく問題ない。俺がしたくてしているのだから、気にせず身をゆだねていろ』と色気たっぷりに返されてしまった。

お店でも仲のよさを隠さなくなり、急に夫婦感が出てきた私たちを見て、常連さんたちに『もしかしてふたりは……？』と聞かれるようになった。

特に親友の千草には今も臨時バイトに入ってもらっているため、もう隠しておけないと覚悟を決め、伊吹さんが鬼神なこと以外は打ち明けようと、定休日の今日、大学まで行ったのだが……。

「ええっ、結婚⁉　しかも、相手が伊吹店長⁉」

目を見開いた千草がガタッと大きな音をたてて椅子から立ち上がる。興奮しているのか、頬が上気している。

カフェテリアにいたほかの学生たちが、興味津々という様子で私たちのテーブルに視線を送っていた。

「ああっ、千草、コーヒーが……」

立ったときの勢いで千草のコーヒーカップが倒れ、テーブルの上が茶色い海になっていた。

「あっ、やば！」

周りの注目を集めているのにも気づいたようで、千草は身体を小さくしながらこぼれたコーヒーを拭いている。

「ごめん茜、つい驚いてしもて……」

恥ずかしそうに小声で謝られ、私も控えめな声で返す。

「ううん、大丈夫。それより新しいコーヒー、もらってきたら？　ここは私がやっておくから」

「そうやね。ありがとう」

千草はカップを持って、コーヒーの無料おかわりをもらいに行く。私はテーブルを拭きながら、千草がいったん落ち着いてくれてホッとしていた。

千草はコーヒー、私はミルクティーを飲みながら、改めて話を再開する。

「えっ、じゃあ前に店長さんが既婚者って言ってたのは？　離婚したの？」

「ご、ごめん、それも私のことなの……」

「ええええっ」

祖父が亡くなり、朱音堂で働くようになってすぐ結婚し、最初は仕事のための契約結婚だったと話すと、千草はあぜんとしていた。

「じゃあ、茜はもう半年前には結婚してたの？　衝撃的すぎるんやけど……」

「ごめんね。事情が事情だったから、言えなくて」

「そうやよ！　契約結婚なんて聞いていたら反対してたわ」

千草は眉をきっ！と上げ、鼻息を荒くした。

「うん。でも今はちゃんと両思いで、普通の夫婦だから」

「それならいいんやけど……」

バレンタインに手作りチョコを渡したかったのは伊吹さんだったんだね、とか、以前伊吹さんが大学に来たとき、わざわざ千草に挨拶したのは妻をよろしくって意味だったんだね、とか、今までの行動を全部、千草に答え合わせされる。

「でもさ、そうなると私が『茜は恋愛初心者やし』ってゆうてたんがバカみたいやなあ！　結婚してるとか、私より茜のほうがずっと先に行ってるし……」

「そんなことないよ。夫婦っぽくなれたのはほんとに最近だし」

「でも、もう大人の関係なんやろ？　曲がりなりにも夫婦なんやし」

千草は期待のこもった、ワクワクした眼差しを向けてくる。

「……大人の関係って？」

きょとんとして聞き返すと、千草はもどかしそうに「もー、だから……」と私の耳に口を寄せる。

ぼそぼそと告げられたその内容がストレートすぎて、ボッと顔が熱くなる。

「な、ないない！　そういうのはまだ……」

「えええ、夫婦なのに⁉　でもそっかー、店長さん年上だし、大人で余裕があるからがっついたりしないんやね。きっと茜を大事にしてくれたはるんやねぇ」

「うん、私もそう思う……」

少し照れながら同意すると、千草が「ううっ」と胸を押さえた。

「のろけとか、妬けるんやけど……。あんなイケメンが旦那様なんて、普通にうらやましいし。私も早く彼氏欲しい〜」

そんな千草をなだめつつ、お互いの近況報告をして別れた。私のお茶代は『結婚祝い』と言って千草がおごってくれた。

そこからはまっすぐ店には戻らず、寄り道をする。伊吹さんとのことを報告したい人が、千草のほかにもうひとりいたのだ。

「つぶあん！」

鴨川でいつものように小豆を洗っているつぶあんに声をかける。伊吹さんとの付き合いが私より長いつぶあんにも、ちゃんと夫婦になれた報告がしたかった。

本当は弁天様と天神様にも報告したいのだが、弁天様はどこにいるのかわからないし、天満宮《てんまんぐう》まで行って天神様を呼び出すのは恐れ多いし……と、いまだ話せずにいる。

「くりまんじゅう、どうした。またおかし、くれるのか？」

川べりから離れて、心なしか早足で歩道に寄ってくるつぶあん。バレンタインにあげたマフィンがよっぽど気に入ったみたいだ。

「春の新作は持ってきたよ。でも今日はね、つぶあんに話したいことがあって来たの」

私と伊吹さんがかりそめの夫婦だった始まりから話したのだが、つぶあんは気づいていたそうだ。

「どうしてわかったの？」

つぶあんの洞察力に驚きながらたずねると、「くりまんじゅう、半分だけだった」

という答え。以前、弁天様に『栗まんじゅうちゃんは半分だけ神様の世界に足を突っ込んでいる状態』と言われたから、同じ意味だろう。神様じゃないつぶあんもそれを感じ取っていたなんて意外だが。

「これでかりそめじゃなくて、本当の夫婦になれたんだね」

感慨深くつぶやくと、つぶあんが首を横に振った。

「でも、まだ半分だぞ」

「えっ？　半分って？」

「くりまんじゅう、まだ半分しか神様じゃない。ほんとうに夫婦になれば、くりまんじゅうもぜんぶ神様になる」

「そうなの……？」

つぶあんの話が事実だとすると、鬼神の花嫁も神様と同等の存在になるのに、私は今までと変わらないということになる。

「本当の夫婦って……どうすればなれるの？」

想いが通じ合っただけじゃダメなら、どうすればいいんだろう。

神妙に考えていたところに、つぶあんの口から思いもよらない爆弾発言が飛び出した。

「交尾する」

「こっ……!?」

アライグマみたいにふわふわかわいいつぶあんからそんなセリフが出るなんて、衝撃と混乱で声にならない。

私が口をぱくぱくさせていると、つぶあんはさらに詳しく説明をしてくれた。

「子ども作る。にんげんだとなんていうのか知らない」

「そ、そうなんだ」

つまり……、夫婦の営みをすると完全な夫婦になるのだ。

一緒に寝るようになっても、伊吹さんはおでこにキス以上はしてこない。今までは私の恋愛経験に合わせてゆっくりペースで進めてくれていると思っていたけれど、完全な夫婦になる条件となれば話は別だ。

伊吹さんは、私と早く夫婦になりたくはないのだろうか。想いが通じ合ったあとも、どうして手を出してこないのだろう。

でも、もし本当に私を大事にしているという理由だったら、その疑問を口にはできない。伊吹さんを傷つけてしまうかもしれないし、催促しているみたいではしたないと幻滅されるかも。

もう少し様子を見てみよう。なにも焦るようなことじゃない。タイミングが来たら、きっと自然とそうなるよね。

まだ半分と言われて、夫婦として認められていないような気持ちになったけれど、大切なのは自分たちの気持ちだ。それを忘れるところだった。

私と伊吹さんの気持ちが一緒なら、きっと大丈夫。ゆっくり私たちのペースで仲を深めていこう。

「ありがとう、つぶあん。なんか気持ちが整理できたかも」

「くりまんじゅうとイブキなら、だいじょうぶ」

つぶあんには励まされてばかりだ。

つぶあんが小豆を洗う姿を眺めながら、理解者のひとりであるあやかしの友人を、改めてありがたく思った。

「アルバイト、なかなか決まらないですねぇ……」

開店前に玄関の掃き掃除をしながら、店頭に貼った『アルバイト募集』のポスターを見て、ため息まじりにつぶやく。

夫婦仲は順調でも、お店の経営はそうではなかった。年始から募集しているアルバイトだが、三月になっても決まっていないのだ。

土日は千草に臨時バイトに入ってもらっているが、試験やサークルの都合があるから毎回は頼めない。伊吹さんとふたりでお店を回さなければいけない日は休憩もとれず、夕方になると疲労困憊《こんぱい》して立ち上がれないくらいだった。

「仕方ないだろう。まともな人間が応募してこないのだから」

「それは、そうなんですけれど……」

ありがたいことに応募自体は多い。でも、ほとんどが伊吹さんファンの女子大生ばかりで『目的が違う。そんなやつは雇えない』と伊吹さんが一蹴し、たまに男子が面接に来ても、伊吹さんの圧におびえて辞退してしまう。

なぜか、男子の面接のときは伊吹さんの口調も表情も険しくなるからだ。圧迫面接、と言い換えてもいいかもしれない。

「あの、伊吹さん。面接のときの態度をもう少しやわらかくしてみませんか……？そうしたら辞退しない人もいるでしょうし」

ぶっきらぼうな態度がデフォルトの伊吹さんには難しいお願いかなあ、とダメ元で提案してみる。案の定、伊吹さんは眉根を寄せて目を細める。

「態度を、か」

窓ガラスを拭いていた伊吹さんは険しい顔のまま私に近づき、唇を耳に寄せた。

「本当は、ほかの男をお前に近づけたくない」

「……っ！」

吐息が頬にかかるくらいの近さから甘い声でささやかれ、全身がぞわぞわする。

「どうも、その気持ちが面接時に漏れ出てしまうらしい。こればかりは意識しても直せない。許せ」

「わ、わかりました……」

本当は無理やりにでも直してもらわないといけないのに、伊吹さんの色気にやられて許してしまった。

こんな調子で、本当にアルバイトを採用できるのだろうか……。


しかし、見覚えのある顔が面接に現れたのは、それからすぐだった。

「あ、あのときの……！」

「覚えていてくださったんですね」

そう言ってにこやかな微笑みを浮かべるのは、お正月休みに朱音堂の前で『アルバイトは募集していないんですか』とたずねてきた男の子。履歴書によると、大路真白《おおじましろ》という名前の大学生らしい。

全体的に色素が薄い印象で、サラサラの茶色い髪とぱっちりした二重まぶたが男性アイドルみたいだ。甘い雰囲気に合った、オフホワイトのニットとダッフルコートをベージュのチノパンに合わせて着こなしている。

伊吹さんのイメージカラーが黒だとすれば、大路くんは白。しかも、名前までが

〝王子〟だなんて、本当に少女漫画の王子様みたいだ。

「茜。知り合いなのか?」

伊吹さんはバックヤードの椅子にふんぞり返り、ぴりぴりした空気を隠そうともしないまま、見下ろすような視線を大路くんに投げた。

「はい。お正月休みのときに来てくださって、アルバイトの募集がないか聞いてくださったんです。そのときは募集していなかったので、気づいて応募してもらえてよかったです」

前半は伊吹さんに、後半は大路くんに向かって話す。

「はい。大学で話題になっていたので。イケメン店長目当ての女子が突撃して、何人も撃沈したっていう」

「わ、話題になってるんだ……」

それはちょっと複雑な気持ちだった。できれば和菓子のおいしさで話題になってほしい。

「でも僕は純粋に和菓子が好きなのでここで働きたいんです」

伊吹さんの圧をものともしない、柔和な笑顔。虫も殺さないような顔をして、大路くんは意外と図太いのだろうか。これはもしかして、貴重な人材なのでは……?

「結果は後日連絡しますね」と面接を終え、大路くんはなごやかに挨拶して帰っていった。男子が相手で、こんなに平和に終わった面接は初めてだ。

「接客業の経験もあるみたいですし、土日も両方出てくれるそうなので、私はいいんじゃないかと思うのですが」

「まあ、見た目よりは根性がありそうだったが。茜に対して愛想がよすぎる気がする」

「それは面接ですから当たり前です」

伊吹さんはいらぬ心配をしているが、私はさっさとアルバイトを決めてしまいたかった。ここで大路くんを不採用にしたら、次に辞退しない人が来るまでどのくらいかかるかわからない。

「心配だったら、研修期間を設けるのはどうですか？　それで問題がなければ本採用で……」

私も必死で食い下がる。土日の激務にも体力の限界が来ているのだ。

「茜。ここのところ、疲れているな。眠りに入るのが早い」

私の顔色をじっと見て、問い詰められた。

「あっ……。えっと、なかなか土日の疲れが取れなくて……」

最近は腕枕にドキドキするよりも先に、疲れてあっという間に寝てしまう日々が続いていた。それを知っているということは伊吹さんは毎日私の寝顔を眺めているわけで、なんだか恥ずかしい。

「俺のせいだな、すまない。わかってはいるんだが……」

頬に手を当てて熱を冷ましていたら、伊吹さんに神妙な顔つきで謝罪された。

「伊吹さん……」

伊吹さんにやきもちをやいてもらえるのは、仕事上は大変だけどうれしくもある。私だって、もし伊吹さんを狙う肉食系女子が採用になったら毎日やきもきするかもしれない。

それだけ愛されていると実感できるし、伊吹さんの気持ちも理解できるから、そこを無視して無理やり進めることはできないでいたのだ。

ふーっと大きく息を吐いたあと、伊吹さんは椅子に座ったまま姿勢を正した。

「研修期間、やってみるか。根性のないやつだったら、そこでボロを出すはずだ」

自分の心配と私の体調を天秤《てんびん》にかけて、妥協案を出してくれたのだろう。私の体調を優先してくれたのがありがたくて、眉間をもんでいる伊吹さんに抱きつきたくなった。

「は、はい！　ありがとうございます。じゃあさっそく、仮採用の連絡をしますね！」

電話をすると、大路くんは仮採用をとても喜んでくれた。『本採用されるようにがんばりますね』と頼もしい。

さっそく次の土日からアルバイトに入ってもらうことになったのだが……。

「いらっしゃいませ。なにかお探しですか？」

「お遣いものでしたら、こちらの鬼まんじゅうのセットがオススメですよ。箱入りのタイプもございます」

「春の新作の和菓子は、こちらです。これは、きんとんで菜の花を模したお菓子で――。ええ、草餅も春限定のお菓子ですよ」

接客もレジ対応もそつがない。和菓子の知識も豊富で、こちらがなにも教えなくても自分から積極的に商品説明をしてくれる。

「ねえ、店員さん。あの新しく入った子、イケメンやねえ〜」

鬼まんじゅうでおなじみの常連のおばさんが、帰り際にこっそり耳打ちしてくる。

「人当たりもいいし、説明も丁寧だし。私、ファンになってしまいそうやわあ」

「それはよかったです」

まだ仮採用なのだけど、それは伝えなくてもいいだろう。この様子なら、すぐに本採用してもよさそうだし。

「名前、大路真白っていうんやろ？　なんか、〝白王子《しろおうじ》〟って感じやねえ」

「白王子……。たしかにぴったりですね」

物腰のやわらかさとか、にじみ出る上品さとか、お客様に対する紳士的な態度も、まさに真っ白な王子様という感じ。

「せやろ？　われながら、いいネーミングやわ」

おばさんはウキウキした足取りで帰っていった。なんなら、ほとんどの女性客は来店時と帰りでは表情が違う。ほくほくというか、満足したような笑みを浮かべているのだ。

「これが大路くんの効果なのかな……」

愛想のある美形ってすごいと感心しつつも、『でも私は不器用さのある伊吹さんのほうが好きだな』と思ってしまい、そんな自分にびっくりした。自分の夫がいちばんかっこいいと主張したくなるって、普通の感覚なのかな。それとも、私が伊吹さんを好きすぎるだけ？

考えていたら大路くんと目が合って、恥ずかしさと気まずさで逸らしてしまった。

日曜日の閉店後、私と伊吹さんは二階でお茶を飲みながら、大路くんの採用問題について話し合っていた。仕事のあとで塩気が欲しかったので、今日は梅昆布茶だ。

「伊吹さん。もう大路くんを本採用にして、次の土日からは正式に働いてもらいませんか？　研修期間だと時給が安くなるので申し訳なくて」

大路くんは期待以上の働きをしてくれた。実際、この二日間は私も伊吹さんも休憩がとれて、だいぶ楽になったのだ。しかも、接客ミスもレジミスもなかった。

ううむ、とうなりながら伊吹さんが腕を組む。

「俺もこの二日間であいつの働きぶりを見ていたが、問題なかった。というか、予想以上だったな」

「じゃあ……！」

前のめりになった私を、伊吹さんが手で制する。

「しかし、あいつの貼りつけたような笑顔がどうもうさんくさく感じてな。腹に一物ある気がする」

「そうですか？　私は感じませんでしたけど……」

神様である伊吹さんがそう言うということは、大路くんは裏がある性格なのだろうか。でも、老若男女問わずお客様には大人気だったし、伊吹さんの気にしすぎなだけかも。

「こんなにいい人材はもう来ないかもしれませんよ」

こんなに仕事のできるアルバイト、和菓子くりはらだとしても絶対に採用するだろう。うちが落としたからといって、ライバル店に行かれては困る。

「……わかった」

私の真剣さが伝わったのか、伊吹さんはしぶしぶうなずいた。

次の日は定休日なので、朝からたまった家事を片付けていたところ、伊吹さんに声をかけられた。

「茜。なにか食べてみたい菓子はあるか」

「お菓子……ですか？」

急な質問で伊吹さんの意図がわからず、首をかしげる。

「ああ。和菓子でも洋菓子でも、なんでもいい」

シンクを磨きながらお菓子の話をするのは変な気分だったけれど、真剣に考えてみる。

和菓子だったら、たいていのものは食べたことがある。洋菓子は知らないお菓子のほうが多いけれど、その中でも憧れの筆頭があった。

「ええと、マカロンは一度食べてみたいです。高価だからお小遣いでは買えなくて、ずっと我慢していたので」

小さくてカラフルな、宝石みたいなお菓子。クッキーくらいの大きさのものがケーキの値段と変わらないと知ったときは衝撃だった。

お店の前を通るたびに心惹《ひ》かれていたけれど、『うちには和菓子があるし』と無理やり言い聞かせていたのだ。

「そうか。その〝まかろん〟というのはどこに売っている？」

「この辺だったら、デパートの地下なら売っているかと……」

どうして伊吹さんがそんなことを気にするのだろう、バレンタインのおかげで洋菓子に興味が出てきたのかな？と思って答えると、予想外の返事がきた。

「なら、そこへ行くぞ。支度しろ」

よく見れば、伊吹さんは家の中なのに羽織りを着ている。私に話しかけたときにはすでに出かける気まんまんだったということだろう。

「えっ、デパ地下にですか？　どうして急に？」

「今日はホワイトデーだろう。ホワイトデーは、バレンタインにチョコレートをもらった相手に菓子を返すと聞いた」

「あ……」

そういえば、今日は三月十四日だった。アルバイトの仮採用で頭がいっぱいだったし、伊吹さんにお返しの知識はないだろうと思っていたのですっかり忘れていた。

「マカロンを買ってくれるんですか？」

「ああ、いくらでも買ってやる。好きなだけ食べるといい」

「ありがとうございます……！　急いで準備しますね」

デパートに似合うキレイめな服でも持っていればよかったのだが、いつものベージュのニットに茶色のスカートだ。無難な服しか持っていないと、こういうときに気後れしてしまって困る。特に伊吹さんは着物姿で目立つし。

なんなら私も着物のほうが……と考えたが、今日だけ背伸びしても仕方ないとあきらめた。

「お待たせしました」

「うむ。では、行くぞ」

京都にデパートはいくつかあるが、マカロンを売っているデパートがわからなかったため、確実にありそうな京都駅のデパートに決めた。伊吹さんと駅ビルに行ったことはあるけれど、デパートは初めてなのでドキドキだ。

デパートについて地下に下りると、伊吹さんが「おお」と感嘆の声をあげた。

「これはすごいな。食の博覧会か？」

伊吹さんの素直な表現がかわいくて、くすっと笑みがこぼれる。

「お惣菜《そうざい》から和菓子、洋菓子までなんでもあるから、目移りしちゃいますよね」

マカロン売り場へ行く前に、伊吹さんの希望でほかのお店もじっくり見ることになった。

芸術的な装飾のホールケーキの前で「どうやって作っているんだ」と真剣に観察したり、「この和菓子の味が気になる」と季節の上生菓子を全種類買ってみたり。

私も「この料理はどんな味なんだろう……」と眺めていた洋食のデリを買ってもらった。夕飯を作らなくてすむのでとても助かるのだけど、マカロン店に行く前に伊吹さんの両手は紙袋で埋まっている。

「あの、伊吹さん。今日の目的はマカロンなのに、こんなに買ってもらっていいんですか？」

ケーキはもちろん、一流ブランドのチョコレートも買ってくれた。私が少しでも気になるそぶりを見せると「よし、それも買おう」と伊吹さんが即決するため、後半は店の前で立ち止まらないようにしたくらいだ。

「当たり前だろう。というか、俺が楽しくて買いすぎてしまったな」

「そうなんですか？」

たしかに楽しそうにはしていたけど……と驚いて聞き返すと、伊吹さんは照れたように頭をかいた。

「ああ。現代日本の食文化が発達しているのは知っていたが、こうして目の前に並べられると、あれもこれも食べてみたいと思うものなのだな。欲をかきすぎてしまったか？」

「いいえ、そんなことないです！　いろんなものを食べてみるのも、和菓子を作るのに大事なことですから」

ぶんぶんと頭を横に振ると、伊吹さんは「そうか」とホッとしたような笑みを浮かべた。

デパ地下を一周したところで、やっとマカロン店に向かう。

「わあ、やっぱりかわいい……」

ラズベリー、ピスタチオ、バニラ……。色とりどりのころんとしたマカロンがショーケースにぎっしりと詰まった光景は、女子の夢を具現化したみたいだ。

「これは本当に菓子なのか？　装飾品のようだな」

伊吹さんがマカロンに目を奪われている様子も口から出てきた感想も、以前の私みたいで微笑ましい。

「私も、最初に見たとき宝石みたいって思いました」

「味も食感も想像つかんな……」

「壊れやすいそうですから、甘くてやわらかいのかと思うのですが」

気になる味を選んで、宝石箱のようなかわいい箱に詰めてもらう。紙袋に入れてもらったそれを、伊吹さんが「ほら。お返しだ」と渡してくる。

「ありがとうございます。これから食べるのがすごく楽しみです」

すでにウキウキした気持ちでお礼する。伊吹さんは満足げにうなずいていた。

「じゃあ、帰りましょうか」

　一階のコスメ売り場を通って外に出ようとしているとき、伊吹さんがぴたっと足を止めた。

「茜。ここで売っているものはなんだ？」

「えっ、化粧品ですが」

「というと、口紅や頬紅か？　今はこんなふうになっているのだな」

　興味津々といった様子で店頭のテスターを眺めている伊吹さんを、店員さんもそわそわしながら目線を送っている。

「茜はあまり化粧をしないが、嫌いなのか？」

「いえ、そういうわけじゃないんですけど、化粧品も高価なのでなかなか買えなくて……」

　普段店に出るときは軽くフェイスパウダーをして、あとはアイブロウと色つきリップくらいだ。

　メイクやコスメに憧れはあるけれど、あれはキラキラした女子大生みたいな子が持つものだ、という意識がどこかにあって、必要最低限しか持っていない。

「そうか。ならここまで来たついでだから、好きなものを買うといい」

　伊吹さんがまた予想外のことを言い出したため、私はあわてて顔の前で手を振った。

「えっ、そんな、いいです！　デパコスに合うようなお洋服も持っていないですし」

「服か？　なら、のちほどそれも買おう」

「ええええっ」

デパコスだって高価なのに、デパートに入ってる服屋なんて、普段私が着ているものとお値段が一桁は違うのでは？　連続で繰り出された提案に、私は頭がくらくらしてきた。

「まずは化粧品から選べ」

「は、はい……。でも……」

私が気後れしてどのコスメカウンターにも入れずにいると、伊吹さんが手近なカウンターに入って「こいつに合いそうなものをひとそろい出してくれ」と店員さんに頼み始めた。

さっき伊吹さんに声をかけるかどうか悩んでいた様子の店員さんは、「もちろんです、喜んで！」と満面の笑顔だ。

「ベースメイクから一式でよろしいですか？　タッチアップしますのでこちらへどうぞ。腕が鳴ります」

はりきった様子の店員さんに大きな鏡の前に座らされ、下地からきっちりベースメイクを仕上げてもらう。それだけでもう、肌がつやつやしていてすっぴんとは違う。

「アイシャドウとリップなのですが、どんな色がお好みですか」

「え、ええと……」

悩んでいると、隣に立っていた伊吹さんが助け船を出してくれた。

「茜にはこのあたりの色が似合うんじゃないか？」

伊吹さんが指さしているのは、明るいコーラルピンクのリップ。

「いいですね！　つけてみましょうか。アイメイクとチークも、リップのお色味に合わせますね」

店員さんのメイクブラシがささっと顔の上で踊り、あれよあれよという間にフルメイクが完成した。

「いかがですか？　マスカラとアイラインは、お客様のふんわりした雰囲気を壊さないように、ブラウンで仕上げてみました」

鏡の中には、知らない顔をした自分がいる。街で見る、キラキラしたお姫様みたいな女の子と、同じ……。

「いいな。お前は普段から愛らしいが、こうすると天女のようだ」

「てん……っ」

目の前に鏡があるから、自分の顔がボッと赤くなる瞬間がよくわかった。店員さんは「ラブラブですね～！」と興奮した様子だ。

「使ったものを全部くれ」

「かしこまりました。ご用意いたしますね」

ブランド化粧品の高級感ある袋に、箱に入ったコスメが詰まっている。

まさか自分が、いきなりデパコス一式を持つようになるなんて。使うのが今から楽しみだが、開けるたびに緊張しそうだ。

「じゃあ、次は服か」

エスカレーターで、レディースファッションの階に移動する。

ここでも、どの店に入ればいいのかわからずきょろきょろする私に対し、伊吹さんの行動は素早かった。

「茜。この洋服はお前に似合いそうだ」

店頭に出ていたマネキンにすたすたと歩いていき、私を手招きで呼ぶ。

「そ、そうですか……？」

マネキンが着ているのは春物の七分袖のワンピース。ふわふわした水色の生地に、パステルカラーの花柄が散っているデザインだ。ウエストと袖口がきゅっと絞ってあって、形も凝っている。

ただ、服自体はとてもかわいいのだけど、自分に似合うのだろうか。柄物ですらほとんど着ないし、花柄なんて持ってもいない。

「試しに着てみろ」

「えっ。で、でも、花柄はハードルが高くて……」

冷や汗をかきつつ断ると、伊吹さんがいぶかしげな顔で首をかしげた。

「なにを言っている。着物はほとんど花柄だろう」

「あ……」

言われてみれば、着物は大きく花の絵柄が入っているし、色だってはっきりしていて派手だ。華やかな着物を着ているのに、洋服では地味なものしか似合わないというのは、思い込みなのかも……？

「よかったら、ご試着もできますよ～」

私たちがもたもたしている間に、店員さんが出てきて案内をしてくれた。

「頼む」

伊吹さんと店員さんに付き添われて、試着室まで行く。「これが最後の一点なんですよ～」と言いつつマネキンから服を脱がせてくれた店員さんに「ごゆっくりどうぞ」とカーテンを閉められた。

試着室の大きな鏡から目を逸らしながら、着ていたニットを脱ぐ。

ただ服を試着するだけなのに、こんなにドキドキするなんて。

「あの……伊吹さん、どうでしょうか」

無事に着られたあと、試着室のカーテンを開けて伊吹さんの前に出る。

ワンピースのサイズは、あつらえたように自分にぴったり合っていた。柄も、着物だと思えば違和感はない気がする。スカートのひらひら感だけが、ちょっと慣れない感じだけど。

「……っ」

伊吹さんは目をみはり、口をわずかに開けたまま私を凝視していた。

「伊吹さん？」

「ああ、すまない。驚いてなにも言葉が出てこなかった。化粧をしたときも愛らしかったが、ますます天女のようだ」

伊吹さんの表情が、本当に天女を見たときのようにうっとりしていたため、私の顔はさっきより赤くなっていたに違いない。

結局、マカロンといろいろな食品、デパコス一式、試着したワンピースを買ってもらってデパートをあとにした。

一日でこんなに買い物をするなんて初めてで、家に着いても気持ちがふわふわしている。

「シンデレラって、魔法使いにドレスを出してもらったとき、こんな気持ちだったのかな……」

メイクしてもらった顔は落とすのがもったいなくて、何枚も自撮りをした。記録しておけば、自分でメイクするときにも役立つだろう。

夜ごはんは買ってきたお惣菜でリッチにすませ、食後にマカロンを食べることにする。

「最初はどの味にしましょう」

「その、紅梅色のやつが気になるな」

伊吹さんが言っているのはラズベリー味だろう。やはり、和菓子に近い色のものが気になるようだ。

「じゃあ、ラズベリーから食べましょうか」

お互いに感想を言い合えるように、ひとつの味を二個ずつ買ったのだ。

ふたりで同時に、マカロンを口に運ぶ。ちょっと強く持ったら崩れてしまうくらい儚《はかな》くて緊張する。

「ん……!?」

マカロンを噛んだ瞬間、今まで経験したことのない食感が口の中に広がり、驚いて声をあげる。

「えっ……、表面はすごくほろほろしているのに、中のほうはもっちり……」

『やわらかい』とも『硬い』とも違う、不思議な食感だ。言語化するのが難しいけれど、とにかくおいしい。

「なんだこれは。物足りないかと思ったらひとつでも満足感があるし、おもしろい菓子だな……」

「次は、バニラも食べてみませんか」

一日ひと粒ずつ食べようと思っていたのに、夜だけで三粒も食べてしまった。

「おいしかった……」

紅茶を飲んでもまだ、口の中に芳醇《ほうじゅん》なバニラビーンズの香りが残っている。

「満足したか?」

「はい、すっごく。伊吹さん、今日は本当にありがとうございました」

「いや……。今まで着物を与えることで安心していたのだが、俺は女子に必要なものをよくわかっていなかったようだ。すまない」

お礼を言ったのに、逆に謝罪されてしまった。

「い、いえ! そんなことないです!」

「これからも、必要なものがあったら遠慮なく言え。あのデパートというところは、定期的に出かけてもいいな」

テーマパークに出かけたあとのように満足げな伊吹さん。デパートがお気に召したようだ。

「今度は、伊吹さんのものも選びましょうね」

「ああ、そうだな。お前が選んでくれ」

こうして、幸せなホワイトデーの夜は更けていった。


「店長と茜さんって、付き合ってらっしゃるんですか？」

次の土曜日、出勤してきた大路くんに開店作業を教えていると、唐突にそう聞かれた。開店準備は私と大路くんがいれば充分なので、伊吹さんは厨房で仕込みをしている。

「この前見ていて、なんとなくそう思って。でも、研修期間なのに聞くのも悪いかなって遠慮してたんですけど」

用意しておいた紺色の作務衣を着て、すっかり〝和菓子屋の店員〟というたたずまいになった大路くんが微笑みながら首をかすかにかしげる。

正式に採用されたから、私たちのプライベートに突っ込んでも大丈夫だと判断したんだろう。そのあたりのバランス感覚は、さすがコミュニケーション能力の高い大路くんだけある。

「あ……うん。実は、夫婦なの」

だれも聞いていないのに小声になってしまった。自分から〝夫婦〟という単語を口に出すのはいまだに照れる。

大路くんは、わかりやすく目を丸くして驚いた。

「えっ、そうなんですか!? 茜さんって、僕と年齢変わらないくらいですよね」

「大路くんは大学一回生だよね。だったら、同い年かな」

「わー……。そんなに若いのに結婚しているなんて、すごいです。大恋愛だったんですね」

心なしか目を輝かせ、尊敬の眼差しで見つめてくる大路くん。

「う、う～ん……。そうなの、かな……？」

私は首をひねり、あやふやに言葉をにごした。

特殊な事情なのは確実だけれど、大恋愛と問われたらどうなのだろう。私の気持ち的には、間違いなく大恋愛なのだけど。

「でもそれで納得しました。たまに伊吹店長に、遠くからにらまれていたんです。最初は研修期間だから観察されているのかと思ったのですが、茜さんと話しているときばかりだったので、きっとやきもちをやいていたんですね」

「あっ……、そうだったんだ」

それには全然気づかなかった。大路くんが気分を害している様子はないけれど、なんだか申し訳ない。

「気を遣わせてごめんね。伊吹さんも大路くんのことは認めているし、気にしないでお仕事してね」

「もちろんです」

満面の笑みでうなずいたあと、大路くんは「あっ、そうだ」となにかを思いついたように手を合わせる。

「茜さんの連絡先を教えてもらえませんか？　シフトのことで急用があったときに、携帯電話のほうがかけやすいので」

「そうだね」

二階にいると、お店の電話が鳴っていても気づかないときがある。今後のためにも連絡先の交換は必要だろう。

携帯電話を出してメールアドレスと電話番号を伝える。ちょうどそのとき、厨房から伊吹さんが出てきた。

「……なにをしている」

私と大路くんに気づいたあと、ぴくりと眉を上げる。

「あっ、伊吹さん。今大路くんに私の連絡先を教えていて」

「店の電話があるだろう。茜が教える必要があるのか？」

伊吹さんの声は低く、威嚇するように大路くんをにらんでいる。

「えっ……。でも、急用だと困るし……」

伊吹さんは顔をゆがめて舌打ちをする。急に不機嫌になった理由が私にはわからなくて、おろおろするしかできなかった。

そんな私を見て、大路くんがくすっと笑う。

「大丈夫ですよ。急病で休むとき以外は連絡しませんから。そこまで妬かなくても」

「あっ……」

大路くんに説明されて、やっと理解した。ぱっと顔を上げて伊吹さんを見つめると、気まずそうに顔を逸らされる。そのままなにも言わずに伊吹さんは厨房に戻ってしまう。

「ご、ごめん、大路くん」

伊吹さんの態度が悪くて気に障っただろうか。本採用になったのにやめると言われないかドキドキしながら、大路くんに頭を下げた。

「いいえ、気にしてないです。茜さん、愛されてるんですね」

笑顔を崩さずそう返してくれたので、ホッとする。

「大丈夫です。伊吹店長には遠慮しませんから」
それは仕事のことを指していたのだろうけれど、なぜだか胸がもやっとした。

大路くんが採用になってすぐ、どこからか〝白王子〟という愛称が広まり、土日には大路くん目当ての女性客が殺到するようになった。大学生の女の子が店の外から彼の姿を眺めていたりもする。

しかし、店が盛り上がるのと反比例して、伊吹さんの機嫌はどんどん悪くなっていった。平日は今まで通り普通にしているのに、土日の昼間は目に見えてイライラしていて、私ともほとんど言葉を交わさない。もうすぐ桜だって咲くのに、お花見デートに誘える雰囲気ではない。

原因は大路くんだ。コミュニケーション力が高いせいか、気さくに話しかけてきて、スキンシップが伴うときもある。ただそれはほかのお客様に対しても同じなので、私だけが特別視されているわけではない。それでも、伊吹さんは気になるようだった。

土日だけだし、大路くんの存在にもだんだん慣れてくるだろう……と余計な口を挟まないようにしているが、やっぱり伊吹さんに冷たくされるのはつらい。

店員としてはものすごく優秀だから、理由をつけて大路くんをクビにはできない。
『店主の嫉妬でクビにされました』なんて噂が広まったら、伊吹さんだって困るし、お店の評判も落ちるだろう。ここはぐっとこらえるしかない。

しかし、今はふたりの仲に問題があるとはいえ、伊吹さんは大人だし、大路くんは人懐っこいので、時間がたてば解決するだろうと甘く見ていた。

それは間違いだったとすぐに気づく。伊吹さんと大路くんが衝突するまでに、時間はかからなかった。

「店の外にいるお前目当ての女たち、なんとかならないのか。客として店に入らないのであれば、通行人の迷惑になるだろう」

もう腹に据えかねるといった様子で伊吹さんが大路くんに抗議する。開店前だからよかったものの、お客様がいたら逃げ出すくらい伊吹さんはどす黒い怒気を放っていた。

「そんなことを言われても……。僕にはどうにもできないですよ」

普段温厚な大路くんも、さすがにムッとしたようだった。

「お前が手を振ったり笑いかけたりするから調子にのるんじゃないのか？　だれにでも愛想をよくするのはやめろ」

「それは接客業だからですよ。外にいる子たちが商品を買ってくれるかもしれないじゃないですか。邪険にはできません」

圧のある伊吹さんに負けじと大路くんも反論する。こういうときは素直に謝って穏便にすませるタイプに見えたから意外だ。

「茜はどう思うんだ」

ハラハラしながら仲裁に入るタイミングを見計らっていたらこちらに水を向けられて「えっ」と口ごもる。

通行人に迷惑がかかるという伊吹さんの指摘は、その通りだ。でも売り上げは上がってるし、大路くんの言うように外で見ていた子たちが入店してくれることもある。

私にはいい対処法が浮かばないから大路くんに対処を任せてしまっているのが現状だ。本当は、それじゃいけないんだろうけど……。

「今は、様子を見るしかないと思います……。店の敷地ではないので、私たちがどいてくれと頼むわけにはいかないですし。そのうち人数も減ってくるんじゃないでしょうか」

幸い、京都ではお店に行列ができるのは日常茶飯事なので、店の周りに人がいても気にする人は少ない。

「そうですよ。僕が興味を持たれてちやほやされているのなんて今だけです」

大路くんが一瞬だけ、ふっと自嘲めいた笑みを見せる。それがあまりにも意外な表情だったから胸がざわついた。

大路くんはもしかして、イケメンな自分も、それをもてはやす女の子たちも好きではないのかもしれない。

「……味で客を呼べなければ、意味がない」

暗い声色で伊吹さんがつぶやく。

朱音堂が開店したときも、伊吹さん目当てで最初だけ繁盛した。その経緯を知っているから、その言葉は胸に刺さった。

伊吹さんが、気に入らないという理由だけで大路くんに文句を言ったのではないと、私は知っている。イケメン店員がいることで一時的に売り上げが増すのは、伊吹さんの本意ではないのだろう。

「お前たちの考えはよくわかった」

伊吹さんは私と目を合わせないまま厨房に戻っていく。

「伊吹さん……！」

あとを追おうとした私の腕を、大路くんがつかむ。

「今は伊吹店長も頭に血が上っているから、放っておいたほうがいいですよ。そのうちわかってくれるはずです」

「うん……でも……」

伊吹さんは、私が大路くんの味方をしていると感じたんじゃないのかな。もしかして今、裏切られたような気持ちでいるんじゃないかな。

私だけはいつだって伊吹さんの理解者でいたいのに、誤解されたままでいたくない。

「もう開店の時間ですよ。準備しなきゃ」

大路くんにうながされ時計を見ると、開店時間が差し迫っていた。時間をロスしたせいで、まだお店を開ける準備が整っていない。

「そうだね……。急ごうか」

伊吹さんとは、あとでちゃんと話そう。

そわそわした気持ちのまま仕事をこなしていたら、お客様が途切れたタイミングで大路くんに声をかけられた。

「茜さん。明日の定休日、付き合ってもらえませんか？」

「えっ、明日？」

「はい。和菓子の勉強のために和カフェへ行きたいんですけど、ひとりじゃ入りにくくて」

「和カフェ……」

私も抹茶チーズケーキを商品化するときに伊吹さんと行ったし、カフェのメニューは参考になる。しかし、伊吹さんが大路くんを敵視しているのに、私が彼とふたりで出かけるわけにはいかない。ただでさえぎくしゃくしている中、新たなケンカの種を作りたくないのだ。

「ごめん。伊吹さんに悪いから、ふたりで行くのは……」

「あ、大丈夫ですよ。千草さんも誘うので三人で行きましょう」

「千草も？」

千草は、大路くんが採用されてから土日に様子を見に来てくれた。そのときふたりは仲よく自己紹介していたけれど、連絡先まで交換していたのか。

「千草さんとはまだそんなに親しくないですし、ふたりきりは気まずいので茜さんにもお願いしたくて。ダメですか？」

大路くんが不安そうに私の顔をのぞき込んでくる。

断ろうとしていたのに、従業員の『和菓子の勉強をしたい』という思いを無下にするのも悪い気がしてきた。

「うん……それなら……」

千草も一緒なら、伊吹さんも許してくれるだろう。今日中に伊吹さんと仲直りして、明日のことを話せばいいだけ。

「やった。ありがとうございます！」

ガッツポーズをして喜ぶ大路くん。こんなに喜ばれたら、断らなくて正解だったという気持ちになってくる。

「それにしても大路くん、和菓子の勉強だなんて熱心だね」

「はい。僕、このバイトに命かけてるんで」

予想よりも熱量のある返事が返ってきて、びっくりした。

「そんなにお店のことを考えてくれていたんだ……。ありがとう」

大路くんが伊吹さんに言い返したのを意外だと感じたけれど、それもお店の経営を真剣に考えてのことだったんだ。

だったらやっぱり、早くふたりの仲を修復させたい。伊吹さんと大路くん、ふたりの根底にある思いが一緒ならわかり合えるはずだから。

しかし、お店を閉めて二階に上がったあとも、伊吹さんは私を避けて話ができなかった。寝るタイミングもずらされ、私は久しぶりにひとりで布団に入った。

ほんの最近まではずっとひとりで寝ていたのに、もう布団の片側に寄って寝るのが癖になっている。

隣に伊吹さんの体温を感じられないのが寂しい。ひんやりした布団の中でなかなか寝つけず何度も寝返りを打っていたら、涙が出てきた。

なんでこんなふうになっちゃったんだろう。一ヵ月ほど前の甘い日々が嘘みたいだ。どうしたら伊吹さんと以前のような関係に戻れるのだろう……。

世の中の夫婦は、みんなこういった試練をひとつひとつ乗り越えているのかな。

ぐるぐる考えているうちに眠りに落ちていたけれど、目覚めたときに伊吹さんは隣にいなかった。

【千草と大路くんと和カフェに行ってきます】という書き置きを茶の間に残し、私は家を出た。四月頭となればニットは暑いので、膝丈スカートにブラウスとカーディガンを合わせ、髪には伊吹さんにもらったヘアピンをつけた。それだけだと少し不安だから、薄手のストールも持っていく。

ホワイトデーに買ってもらったワンピースを着ていくことも考えたのだが、初めておろすのは伊吹さんとのデートがいい。

待ち合わせの京都駅に着き、バスターミナルでふたりの姿を探していると、近くを通り過ぎた女の子ふたり組が、きゃあきゃあとはしゃいで話していた。

「ねえ、さっきの人、イケメンじゃなかった!?」

「めっちゃかっこよかった〜！　芸能人かな?」

まさかとピンときて女の子たちの来た方向に目を向けると、ベージュトーンの淡い人影が見えた。オフホワイトのトップスにベージュのトレンチコートを羽織った大路くんだ。

向こうも私に気づいたようで、こちらに駆け寄ってくる。

「茜さん！　待ちましたか？」

「ううん、私も今着いたところ」

大路くんと一緒にいると女性の視線が痛いので、やっぱり美形なのだなあと改めて感じる。

「千草はまだかな？」

きょろきょろと周囲をうかがうけれど、それらしい姿はない。

「あ、千草さんなんですけど……。今日は一日中講義が入っているから来られないそうで」

「えっ」

そう告げられた瞬間、私は自分の脇の甘さを呪った。

平日なんだから、大学があることを考慮しなければいけなかった。どうして昨夜自分から千草に連絡しておかなかったのだろう。

大路くんから、意図せずふたりきりになってしまった戸惑いは感じない。

もしかして、千草が来られないと最初から予想していた……？

そんな邪推をしてしまったけれど、そんなことをしても大路くんにメリットはない。

可能性がありそうなのは伊吹さんへの嫌がらせだが、いくらもめたと言ってもそこまでの意地悪はしないだろう。昨日一日でそこまで計画できるとしたら、よほどの策士だ。

「せっかくここまで来たのに、このまま帰るなんて言いませんよね？」

私の動揺が伝わったのか、大路くんは笑顔で圧をかけてくる。

「えっと……。ごめん、伊吹さんに電話だけしていいかな」

「はい。いいですよ」

当然ながら伊吹さんは携帯電話を持っていないので、お店の電話にかける。しつこく呼び出し音を鳴らしてみたけれど、受話器は取られなかった。

「大路くん、ごめん。いったんお店に寄ってもらっていいかな？　やっぱり伊吹さんに黙ってっていうのは気がひけて……」

もしかしたら、家には帰っているけれど電話の音に気づいていないだけかもしれない。

私の提案に、大路くんは顔を大げさにしかめた。

「ええ？　それってちょっと異常じゃないですか？　いくら夫婦だからってそこまで束縛するのは……」

「束縛？」

伊吹さんはたしかに愛情表現がストレートな人だけど……。束縛されていると感じたことはない。

大路くんが原因で不機嫌になってはいるものの、大路くんをやめさせろと言ったり、私に『大路くんと話すな』なんて強制したりはしない。むしろ我慢してくれているほうだと思う。

でも、大路くんはそうは考えないみたいだ。

「そうですよ。職場の仲間との勉強会ですら許してくれないんですか？　伊吹店長は」

ぐっと言葉に詰まる。『伊吹さんの心が狭い』と非難された気がして、反論したくなる。

「そんなことないよ。ただ私が事前に報告しておきたいだけで」

「じゃあ、いいじゃないですか。帰ってから報告しても同じですよ。行きましょう」

大路くんは私が答える前にすたすたと歩き出してしまう。さすがにこの状態で帰るわけにはいかないので、彼のあとを追うしかなかった。

「さっきから上の空ですね。おいしくないですか？」

スプーンを持ったまま伊吹さんのことを考えていると、向かいの席に座った大路くんに困った顔をされた。

「あ、ううん。抹茶プリンはすごくおいしいよ」

あわてて首を横に振り、プリンを口に運ぶ。このカフェでイチオシの『とろける抹茶プリン』は抹茶の味が濃厚で、食感もとろっとろだ。

「こういうとろっとした食感のものって、和菓子ではあまりないですもんね。近いのは水ようかんですけど」

「そうだね。あとは、くず餅とか……」

せっかく大路くんが和菓子の話を振ってくれているのだから集中しなきゃとわかっているものの、せっかくの抹茶プリンが罪悪感でおいしく感じない。

私は恋人がいた経験はないけれど、千草からは周りの友達の話をよく聞いている。

男友達が多い女の子が、彼氏ができたあとも男友達とふたりで遊ぶのをやめず別れた話とか、友達の彼氏がグループで旅行に行ったけれど女子の参加を事前に話してくれなくてケンカになったとか。

『うちやったら、いくら友達でも彼氏がいるのに男の子とふたりで遊びに行くんはナシやな～。相手も同じ価値観やないと無理やわ』

そんな千草のセリフまで思い出した。

大路くんには束縛と言われたけれど、冷静に考えたら今の私の状況はあまり褒められたものではない。いくら職場の仲間といえど、夫のいる身で男の子とふたりで遊んでいるなんて……。

できるだけ急いで帰ろう。そして伊吹さんに、早く謝りたい。

そう決めて抹茶プリンを大口で頬張る。味わえなくてお店の人には申し訳ないけれど、ここにはまた伊吹さんや千草と来よう。

「ごちそうさま。大路くんごめん、私やっぱり先に帰るね。お代はここに置いておくから」

プリンの器を空にし、バッグを持って立ち上がると、大路くんは目を丸くした。

「え、もう帰っちゃうんですか。せっかくだから、スイーツをもう一種類注文しませんか？　まだ気になるメニューがあって……」

「でもやっぱり伊吹さんに悪いから、そのメニューはお持ち帰りにしてもらうのはどうかな。ここ、カップスイーツはテイクアウトできるみたいだし」

メニューを開いた大路くんに頭を下げ、テイクアウトの欄を指し示すと、彼は唇を横に引き結んだ。

「意外と手強いな……。主張が強くないタイプだと思ったのに」

「え？　なにか言った？」

「いえ、なんでもないです。じゃあせめて、お店まで送らせてくれませんか。僕からも伊吹店長に謝りたいですし。せっかくの定休日に奥さんを借りてしまったんですから」

そう告げて、大路くんも伝票を持って立ち上がる。

「うん、それなら……」

大路くんから折れてくれるなら、伊吹さんだって邪険にはしないだろうし。謝罪の流れでふたりの関係も修復できるかもしれない。

レジで会計し、大路くんがスイーツを何種類かお持ち帰りで注文したので、私も抹茶プリンを伊吹さんのお土産にする。

チョコレートマフィンもそうだけど、伊吹さんは食べたことのない洋菓子でも喜んでくれるから、きっとこれも気に入ってくれるはず。

ふたりで抹茶プリンに舌鼓を打つことを考えると、少しだけ気が晴れた。

「でも、なんだかデートみたいで楽しかったのに、茜さんは伊吹店長のことしか考えてなかったんですね」

横並びでバスに揺られながら、つり革を持った大路くんが前を向いたままため息をつく。

デートだなんて笑えない冗談だ。やっぱり早めに切り上げてよかった。

「ラブラブでうらやましいです。本当に旦那さんが好きなんですね」

「うん、大好きなの。……でも伊吹さんはもっと私を想ってくれているって知っているから、嘘も隠し事もしたくないし誠実でいたいの」

なにせ十年間も私を見守ってくれていた人なのだ。年月の重みでは勝てないぶん、大事にしたいと思うのは当然だろう。

「そう……ですか」

一瞬、大路くんの顔が歯ぎしりするようにゆがんだ、気がした。それはただの見間違いで、大路くんはいつも通りの王子スマイルを浮かべていたけれど。

「あっ、伊吹さん」

バス停で下り、大路くんと朱音堂に向かっていると、店の外で伊吹さんがうろうろしている姿が見えた。

きっと私の書き置きを読んで、外で待っていてくれたんだ。ぎくしゃくしたまま出かけてしまったから、きっと伊吹さんも早く私と話したいと思って……。

申し訳なさとうれしさが胸に込み上げて、目頭が熱くなった。

「伊吹さん！」

叫んで手を振ると、伊吹さんもこちらに気づく。遠目でもわかるくらい険しい顔をしているけれど、この状況では仕方ないだろう。私は急《せ》いた気持ちで伊吹さんに駆け寄る。

しかし、こちらにすたすたと歩いてきた伊吹さんは私を素通りした。

「……え？」

振り返ると、ちょうど伊吹さんが大路くんに詰め寄ったところだった。

「貴様。どういうことだ。千草どのはどうした」

「伊吹さん、ごめんなさい！　千草は大学の講義があるから来られなくて……」

私が後ろから話に割って入ると、伊吹さんはますます眉間のシワを深くした。

「お前はそれを事前に茜に連絡しなかったんだな？　そうでなければ、書き置きに千草どのの名前はないはずだ」

「店長、大げさですよ。待ち合わせのときに話せばいいと判断しただけです」

「お前は俺の妻をたばかった。許すわけにはいかない」

伊吹さんからは怒りのオーラが立ち上っていて、私はなにも口を挟めない。

大路くんも同じだと思ったのに、切れ味の鋭い日本刀のようになった伊吹さんをものともせず、大路くんは伊吹さんをにらみ返した。

「なにを言っているんですか？　あなたはちょっと異常ですよ。茜さんに執着しすぎている」

「なんだと？」

挑発するような口調の大路くんは、明らかに伊吹さんをあおっている。

「妻のことばかり気にしているから業務に支障が出て、和菓子の味が落ちるんですよ。プロ失格です」

「えっ……？」

一瞬、思考が停止した。

和菓子の味が落ちている？　本当に？

作ったものは毎日試食しているけれど、味が落ちているなんて感じていなかった。

もしかして、私も伊吹さんもここのところ集中できていなかったから、知らない間に和菓子に影響が出ていた――？

「貴様！」

激昂した伊吹さんが、大路くんの胸ぐらにつかみかかる。

「伊吹さん！」

伊吹さんの袖を引っ張ってふたりを引き離そうとするが、がっちりと力が入った腕はびくともしない。

「ダメです！　従業員に暴力なんてふるったら……！」

「くっ……。訴えられますよ。軽い気持ちでこんなことをしたら」

伊吹さんは舌打ちし、大路くんを放るようにして手を離した。

長身の伊吹さんと、やや小柄な大路くんは身長差があるため、勢いあまって大路くんは尻もちをつく。

伊吹さんはこちらに目を向けずに店内に戻っていった。

ごほごほ咳き込む大路くんに手を差し出すが、彼は「大丈夫です」と断ってよろよろと起き上がった。

「大路くん！　大丈夫？」

「やっぱり、伊吹店長はおかしいです。茜さんはいいんですか？　あんな人が夫で」

厳しい言葉に、体温がすうっと下がっていく。

不信感をあらわにした大路くんと目を合わせられなくて、黙ったままうつむく。

「もう帰ります。今回は訴えないので安心してください。でも、問題を先延ばしにしても、なにも解決しませんよ。それじゃ」

呆然《ぼうぜん》としたまま大路くんの背中を見送り、裏口から店に入ったあと、私はしゃがみ込んだ。

伊吹さんを、『異常』とか『おかしい』とか言われたくなかった。私がきちんと大路くんの誘いを断らなかったせいで、こんなことになったんだ。

伊吹さんが大路くんに手を出したのはよくない。それについてはなにも弁解できないけど……。あんな人が夫でいいのかと問われて、黙ったままでいることなかった。

「伊吹さんじゃないとダメなんだって、言えばよかった……」

否定しなかったら、大路くんの言葉に同意したのと同じだ。

私は、大路くんの知らない伊吹さんのいいところをたくさん知っているのに。

自分のふがいなさが嫌になる。大路くんが伊吹さんを攻撃できる隙を作ったのは、私。かりそめの夫婦じゃなくなっても、伊吹さんとコミュニケーションがとれていなかったら意味がない。むしろ今の状態は、最初のころよりひどいかも。

「……こうしていてもしょうがない」

気合いを入れて立ち上がり、ちゃんと話をしようと二階に上がる。でも、茶の間にも個室にも伊吹さんの姿はなかった。

仕事の時間以外は伊吹さんに避けられたまま数日がたち、満月の夜を迎えてしまった。

朝食も一緒にとっていないし、話しかけようとすると二階からいなくなるので、姿を消しているかどこかに行っているのだと思う。

寝るタイミングもずらされたままだけど、今日は『一緒に寝ませんか』と勇気を出して声をかけてみた。

でも伊吹さんは『ひとりで大丈夫だ』と断り、和菓子を用意してずっと茶の間にこもっている。

私はどうしても伊吹さんが心配で眠れず、布団に入ったまま物音をうかがっていた。

満月の光が差し込む、薄暗い寝室。怖いくらい静かで、なにも変化がないまま時間だけが過ぎていく。

時計の針が午前二時を回るころ、私は我慢できず布団からがばりと起き上がった。

「ダメだ……。やっぱり様子を見に行こう」

このままでは、一睡もできず朝になってしまう。

ちらっと襖を開けてのぞくだけ。平気な様子だったら寝室に戻ろう。

茶の間につながる襖を、音をたてないようにそうっと動かす。部屋の明かりが隙間から差し込み、中の様子が見えたので顔を近づけると……。

「……っ！」

私は手で口を押さえ、悲鳴を飲み込む。

伊吹さんの髪は白く、目は赤く変わり、鬼の姿に変わっていた。その状態になってもなお身体を折ってうめき声を抑え、伊吹さんはひとりで苦しみに耐えていたのだ。

「伊吹さん……っ！」

部屋に飛び込み、伊吹さんにしがみつく。

「なっ……!?　茜、ダメだ。寝室に戻るんだ……っ」

はあはあと苦しげな息を漏らし、脂汗をかきながら伊吹さんは私を押し返す。

「お前になにかしてしまうかもしれない。それにこの姿をお前に見られるのは……っ」

そう言って顔を背ける。

伊吹さんにとって、今の姿は私に見られたくないものなんだ。出会った日の夜に鬼の姿を見たことも、伊吹さんには想定外だったのだから。

でも、苦しみと理性の狭間にありながらも伊吹さんは私を気遣ってくれる。

姿が変わっても関係ない。開いた口からは牙がのぞき、手からは長い爪が伸びているけれど、私を傷つけたりしないって知っている。

「大丈夫です、怖くありません。鬼の姿になっても伊吹さんは伊吹さんです。愛しています」

微笑んで、伊吹さんを抱きしめる。着物から立ちこめる香りが添い寝するときと同じで、『ああ、伊吹さんだ……』と実感する。

やっと伊吹さんに触れられた。

「あか……ね……」

荒かった呼吸が一瞬落ち着き、私の腕の中で伊吹さんの力が抜けた。

伊吹さんにぎゅっと腕を回したままちゃぶ台の上に目をやると、梅の練り切りが何個かあるのが見えた。

「これ……」

もう四月だから、店頭に梅モチーフの和菓子は置いていない。それにこれは天神お茶会のときに出したものと同じ、くりはらで昔売っていたデザインだ。

きっと、今日の満月をひとりで乗り越えようと決めた伊吹さんがひっそり作ったもの——。

「ひとりで苦しもうなんて、勝手に決めないでくださいっ……！」

目からあふれ出した涙をぐいっとぬぐうと、私はちゃぶ台の上の練り切りを手に取った。黒文字で切り分けてから伊吹さんの口に運ぶ。

伊吹さんは素直に口を開け、咀嚼《そしゃく》している。

「もっと、食べられますか……？」

ひたすら伊吹さんに練り切りを食べさせ続け、お茶を飲ませる。

ひと息ついたときには、伊吹さんの姿はいつの間にか元に戻っていた。

「すまない、茜。迷惑をかけた」

私を見つめる伊吹さんの眼差しは、以前の慈愛のこもったものに戻っている。

「迷惑だなんて思っていません。伊吹さんがひとりで苦しんでいるほうが嫌です」

伊吹さんに抱きついたまま離れないでいると、頭をぽんぽんとなでてくれた。この愛情表現も久しぶりだ。

「眠らなくていいのか？」

耳元で、低い声でささやかれる。伊吹さんの吐息が熱を持っているのがわかった。

「はい。もう少し伊吹さんと一緒にいたいです」

「そうか。このように過ごすのは久しぶりだな。俺も、お前を離しがたい」

伊吹さんが私の背中に回した手に力を込め、私は伊吹さんの広い胸に頬を押しつけた。

幸せで、あったかくて、落ち着く。こんな時間がずっと続いたらいいのに。

しばらく抱き合ったまま過ごし、どちらともなく身体を離す。ふたりで顔を見合わせて、微笑み合った。今までぎくしゃくしていたのが嘘みたいだ。

「お前が十年前に供えてくれた和菓子も、梅の練り切りだったな」

昔を思い出すように、伊吹さんがつぶやく。

「首塚大明神が殺風景な神社だったので……。少しでも色を添えたくて、祖父のお店にある中でいちばんかわいいお菓子を選んだんです」

あんな寂しい場所にいる神様がかわいそうで、ちょっとでもなごんで明るい気持ちになってほしくて、ピンク色のかわいいお菓子を持っていった。そのせいで、毎回同じ梅の練り切りになってしまったのだけど。

「あの味は今でも忘れられない。だから俺は、天神の茶会でもお前の祖父の味を再現できたんだ」

「そうだったんですね……」

私の供えたお菓子が伊吹さんのなぐさめになったのだと思うとうれしい。十年も味を覚えていたなんて、おじいちゃんが聞いても驚くだろう。あのとき祖父の首を治してくれた鬼神様と私が結婚したのは、もっとびっくりだけど。

「俺は、自分が鬼であることに負い目があった。恐怖の対象である鬼の姿が、お前に受け入れられるわけないと決めつけていたんだ。でも、それは間違っていた。お前は、鬼の姿の俺でも愛していると言ってくれたな」

「はい。どちらの伊吹さんも愛しています」

私は力強くうなずく。鬼化した伊吹さんに触れるのに、恐怖なんてまったくなかった。ただ愛する人に安らぎを与えたい、その気持ちでいっぱいだった。

「大路を必要以上に敵視していたのも、俺の自信のなさが原因だ。焦りから嫉妬し、お前を避け、つらい思いをさせてしまった……。本当にすまない」

「私こそ、うまく立ち回れなくてごめんなさい。伊吹さんの味方ができなかったことも、ふたりで出かけてしまったことも……」

「いや、俺こそ……」

ふたりで謝罪合戦になったのがなんだかおかしくて、照れ笑いを浮かべて伊吹さんを見上げる。これで本当の仲直りだと思うとホッとして、やっと眠たくなってきた。

「大路がどんな行動を取ろうと、これからは揺るがないと誓う。お前が鬼の姿を受け入れてくれたから、もう……大事なことを見失ったりしない」

真摯な言葉にじんわりまぶたが熱くなって、伊吹さんの姿がにじむ。

「口づけをしていいか？　結婚した日に拒絶されてから、ずっと我慢していた」

伊吹さんが懇願するような眼差しで問う。

そういえばあの日、いきなりキスされそうになって伊吹さんの頰を叩いたんだっけ。だから伊吹さんは今まで私にキスをしてこなかったんだ。

「……はい」

うなずいて、目を閉じる。肩をつかまれ、伊吹さんの顔が近づいてくる気配がしたあと、唇に温かくてやわらかい触感があった。

おでこや髪へのキスはされてきたけれど、それとは全然違う。伊吹さんの心のやわらかくて繊細なところへ直接触れているような気持ちがした。

なんて幸せなファーストキスなんだろう。憧れていたどんな物語よりも甘くて、優しい。

一瞬を長く引き延ばしたような時間のあと、ゆっくり唇が離れていく。

「ああ、お前が愛しくてたまらない」

もう一度ちゅっと短くキスをして、再び抱きしめられた。

「祖父のおかげでお前に出会えたのだな。俺たちを結びつけてくれた店を、ふたりで取り戻そう」

「はい、必ず」

新たに誓った決意を、満月だけが見ていた。


その後、土曜日に出勤してきた大路くんは、いきなり伊吹さんに「今まで攻撃的な態度をとって悪かった」と謝罪されて驚いていた。

「茜を連れ出したのを許したわけではないが、お前の指摘はその通りだった。これからは私情を挟まず仕事をすると約束する」

「は、はあ……。そうですか……」

大路くんはポカンとしたまま伊吹さんの背中を見送り、私の元に小走りで寄ってくる。

「茜さん。いったいどんな魔法を使ったんですか？　伊吹店長がいきなり改心するなんて……」

ひそひそ声で問われ、くすっと笑いが漏れた。

「私はなにもしてないよ。伊吹さんが自分から変わってくれたの」

「いきなりすぎて、そう言われても信じられないです」

「うん。ちょっとずつわかってくれればいいよ。私も伊吹さんも今までとは違うつもりだから」

そう、私たちは変わったのだ。前よりもずっと、お互いを信じられる。愛されていると自信が持てる。そんな夫婦になれたから。


その日、伊吹さんが作った和菓子を試食して、私は「んんっ、おいしい！」と声に出してしまった。食べ慣れているはずの練り切りなのに。

「なんだか味、前よりよくなってませんか？」

うまく表現できないけれど、包み込むようなやわらかさが加わったというか、トゲがキレイさっぱり抜けたというか。とにかく、何個でも食べられるようなおいしさだったのだ。

「そうなのか？　自分ではわからないが、お前が言うならそうなのだろう」

伊吹さんはピンときていないようで首をかしげたが、「おいしい、おいしい」と連呼する私を見て満足そうに微笑んでいた。

これって、心境の変化がお菓子の味にも影響したのだろうか。

集中力が戻っただけでなくさらに腕をあげるなんて、伊吹さんはすごい。この味なら、白王子効果がなくなってもお客様が増えそう。

新生・伊吹さんの和菓子を、早くみんなに食べてもらいたい。

そんなワクワクした気持ちで、できあがった和菓子を小さなケースに詰めていった。

第四話　花見茶会と夜桜デート

伊吹さんと仲直りしてからすぐの、定休日。私たちは弁天様に誘われて、お花見のために円山公園《まるやまこうえん》に向かっていた。せっかくだからと着物を着ていく。伊吹さんが春用にと仕立ててくれた、淡いピンク地に桜柄だ。

「わあ、やっぱりここの桜は圧巻ですね」

歩道の脇を、淡いピンク色の桜が埋め尽くしている。

円山公園は京都随一の桜の名所だ。夜桜が有名だが、昼間に来てもいい。公園全体がふんわり桜に包まれているようで、夢見心地になる。

「茜。ちょっと止まれ」

伊吹さんが足を止め、つないでいた手を離して私の髪に手を伸ばす。

「花びらがついていた」

ふ、と息をかけて、指先でつまんだ桜の花を飛ばす。

「あ、ありがとうございます」

その動作が色っぽくてドキッとし、触れられた部分が落ち着かない。伊吹さんはそんな私を見つめて、やわらかく目を細めた。

「その着物で桜のそばに立つと、お前が桜の精に見える。美しいな」

「なっ……」

大げさすぎる褒め言葉に、顔が沸騰しそうになる。こんな平凡な私でも伊吹さんの目には桜の精に見えるなんて、愛の力はすごい。

「でも、うれしいです。こうして一緒にお花見ができて。今年はもう無理かなとあきらめていたから……」

　例年だったら桜も散っている時期だが、今年は桜の開花が遅かったため、ギリギリ散る前に間に合ったのだ。

「すまない。俺が腑《ふ》抜けになっていたせいだな。そうでなければ、お前を何度でも花見に連れ出したのだが」

　伊吹さんはうつむき、申し訳なさそうな表情で唇を噛んだ。

「いえ、大丈夫です！　一回で充分うれしいです！　それに、来年もありますし」

「そうか、来年か……。来年の約束をできるというのは、いいものだな」

「はい」

　来年になったら伊吹さんとの関係がどうなっているかなんて、もう不安にならなくてもいい。来年も一緒にいる前提で約束ができるなんて、どれほど幸せだろう。

「夫婦だから、ずっと一緒ですもんね」

　来年だけでなく、その次も、十年後のお花見の約束だって、伊吹さんとできるのだ。

「ああ」

伊吹さんが私の手を取り、つなぎ直す。私は伊吹さんを見上げて微笑むと、その手にぎゅっと力を込めた。

公園に隣接している『八坂神社《やさかじんじゃ》』に入ると、祇園しだれ桜のそばで天女のような衣装をまとった美しい弁天様と、平安装束を着た上品な老紳士といった様子の天神様が待っていた。

「やあ、いらっしゃい。久しぶりだね」

石のベンチに座った天神様が、気さくに挨拶してくれる。会うのは一月のお茶会以来だ。

「天神様、お久しぶりです。弁天様もお誘いありがとうございます」

「ううん、こっちこそ。急だったのに来てくれてありがと。さあ、こっちに座って」

お茶碗《ちゃわん》に入ったお抹茶を飲んでいた弁天様が、隣のベンチを指し示す。

「この辺には結界を張ってあるし、栗まんじゅうちゃんの姿も見えなくなっているから、気にせずおしゃべりして大丈夫よ」

桜のシーズンなので八坂神社にはたくさんの人がいたが、だれも私たちに気を留めず通り過ぎていく。この人混みでベンチが空いているのは珍しいと思ったのだが、そういうからくりだったのか。

「じゃあ、鬼神と茜さんにも茶を点てよう。茶会ではなく花見だから簡易式だが、よろしいかね？」

「もちろんです。天神様の点ててくださるお茶、とてもおいしかったのでまたいただけるなんてうれしいです」

「ほっほっほ。うれしいことを言ってくれる」

傍らに置いた風呂敷包みから茶道具を取り出した天神様は、手早くお茶を点てて私たちにお茶碗を回してくれる。

「ありがとうございます。私たちも和菓子を持ってきたので、お茶請けにどうぞ」

和菓子の入ったお重の蓋を開ける。中には、桜の形の練り切りや桜餅など、桜にちなんだお菓子をいろいろ入れてきた。

弁天様に手渡すと、ほくほくした顔で練り切りをひとつ取る。

「あら、うれしい。やっぱりお花見には和菓子がないとね」

「やっぱりお前は、〝花より団子〟なんだな。まあ、酒を用意しなかっただけマシか」

今まで黙っていた伊吹さんがやっと口を開いたと思ったら憎まれ口で、天神様は「相変わらずだのう」と笑っている。

「ほんっとに伊吹はかわいくないわね！　やっとあなたたちの状況が落ち着いたみたいだから、息抜きに花見に誘ってあげたのに！」

「キイキイうるさい」

わめく弁天様に対して耳をふさぐ伊吹さん。伊吹さんはスルーしているけれど、私は弁天様の言葉に驚いていた。

「えっ、弁天様、知ってたんですか？　最近までその、私たちがぎくしゃくしていたの……」

私がふたりの会話に割って入ると、弁天様は肩をすくめた。

「当たり前じゃない。これでも私、普段からお店の様子を見に行ってるのよ。一応、出資者みたいなものだしね」

「そうだったんですか……。知りませんでした」

「こっそり行ってたんだもの、知らなくて当然よ。また伊吹に過保護だのなんだの言われたくなかったから」

またケンカになるだろうかと心配で、ちらりと伊吹さんを見ると、今までにない神妙な表情になっていた。

「もう言わない。お前には感謝している」

「あら珍しい。今日はずいぶん素直じゃない。どうしたの？」

「俺にもいろいろ思うところがあったということだ」

伊吹さんに目配せされ、数日前の出来事を思い出す。初めてのキスと新たに誓った決意。そして、その後の大路くんへの謝罪。

伊吹さんの変化は、私がいちばんよく知っている。

「雨降って地固まるってやつね。今回のことは、あなたたちの成長につながったんじゃない？」

「そうだな。より、茜を愛しいと感じるようになった」

伊吹さんは私の肩をぐいっと引き寄せ、頭のてっぺんにちゅっとキスを落とす。

「い、伊吹さんっ……」

天神様と弁天様が見ている前でのスキンシップが恥ずかしくて身体を離そうとするが、伊吹さんの腕ががっちり私をホールドしている。

「は、離してください」

「嫌だ」

困り果て、助けを求めるように弁天様たちに視線を向けると、ニヤニヤしながらこちらを見ていた。

「あたしたちにまで見せつけるなんてねえ」

「仲よきことは美しきかな。夫婦仲がむつまじいのは、いいのう」

「も、もう……。おふたりまでそんな……」

照れくささを隠すようにお抹茶に口をつける。上等な抹茶の風味が口いっぱいにふわりと広がる。苦みが少なく、優しい味だ。

「あ、おいしい。やっぱり和菓子が欲しくなりますね。〃花筏《はないかだ》〃にしようかな」

お茶碗を置き、桜の花びらが水面に浮かんでいる様子を模したお菓子を手に取ると、伊吹さんがくっくっと笑った。

「花より団子なのは、茜も一緒か」

「桜もちゃんと見てます！」

じゃれ合う私たちの横で、天神様と弁天様はまったり和菓子を選んでいる。

「私は桜餅にしようかのう」

「やっぱり、〃道明寺《どうみょうじ》〃ですよね」

関西では、クレープのような生地であんこを包んだ〃長命寺〃より、お米のつぶつぶ感の残る生地の道明寺のほうがメジャーだ。

夫婦の危機を乗り越え、訪れた温かな時間。日だまりの中で伊吹さんの作った和菓子を食べながら、この幸せに感謝した。


朱音堂に大口の電話注文が入ったのは、それからすぐの土曜日だ。

お客様が途切れた隙を見計らって、厨房の伊吹さんの元を訪れる。

「茶道の家元の、花見茶会での菓子？　しかし、桜はもう終わりだろう」

興奮して報告する私に対し、首をかしげる伊吹さん。

「それが、毎年山桜でお花見をしているらしく、お茶会が四月下旬らしいんです」

葉っぱと同時に花が開く山桜は、四月下旬になっても咲いている株がある。

「山桜か……。あれも、ソメイヨシノとは違う趣があるな」

「濃いピンク色をしていたり、花びらの形が違うものもあったりして、愛らしいですよね」

黄緑色の葉っぱと花びらのピンク色のコントラストが、素朴でかわいいのだ。色合いが桜餅みたいでなごむ。

「茶会の菓子は数も多いし、家元なら舌も肥えているだろう。腕のふるいがいがあるな」

「あ……はい。でもあの、ひとつ話さなきゃいけないことが……」

やる気を出している伊吹さんにとって気を削ぐかもしれない報告がある。

こっちを先に話せばよかったと、順番を間違えた自分を恨む。

「なんだ？」

私の表情でいい知らせではないと察したのか、伊吹さんも笑顔を引っ込める。「実は……」と前置きして、重い気持ちで口を開いた。

「和菓子くりはらにも注文しているらしいんです。参加人数が多く、ひとつの和菓子店への注文だと負担が大きくなってしまうので、毎年そうしているらしく……」

電話口でこのことを聞いたとき、喜んでいたテンションが一瞬下がった。でも、同じ茶会で小倉さんの菓子と並べられるからといって、マイナスな感情を持ち込んではいけない。私たちは、ただおいしいお菓子を作るだけだ。

伊吹さんはどう感じるだろう、と顔色をうかがうと……。

「そうか……。直接対決は天神の茶会で終わりだと思っていたが、またこんな機会があるとはな」

と、逆にやる気を見せていた。

「むしろ好機だ。うまい菓子を作って、小倉の菓子より俺たちが優れているというところを茶道の家元に見せつけてやろう」

「……はい！」

伊吹さんに『やる気を削ぐかも』という心配は必要なかったみたい。私は自分の夫を頼もしく思う気持ちでいっぱいだった。

「じゃあ、さっそく今日の閉店後から、どんなお菓子を作るか相談を――」

ワクワクしながら切り出したとき、お店の電話が鳴った。

「あ……、電話だ。伊吹さんすみません、私、対応してきますね」

あわてて店舗スペースに戻って電話を取ろうとしたのだが、大路くんがすでに対応を終えて受話器を置いたところだった。

「あ、大路くん。電話に出てくれてありがとう。お客様からだった？」

大路くんに電話対応まではお願いしていないが、私がいなかったので気を遣って出てくれたのだろう。普段私が対応しているのを聞いているし、礼儀正しいからきっとお客様に失礼はなかったはず。

「いえ、間違い電話でした」

「あ、そうだったんだ」

それならよかった、とホッと胸をなで下ろした。

「これからは、電話が鳴ったら私を呼んでくれるかな。お客様の場合が多いから」

「はい、わかりました。すみません、勝手なことをして」

大路くんはハキハキとうなずいたあと、少ししょんぼりした顔をした。私が注意をしていると勘違いしたのかもしれない。

「ううん、今回は助かったよ、ありがとう」

大路くんは悪くない。ただ、和菓子の注文が入るときもあるし、そういった際に数や種類を間違えては大変だから、基本的に電話には私が出るようにしているのだ。

「これからは気をつけます」

「うん。お願いします」

この件はそれで終わったので、私は気にすることなく自分の仕事に戻った。

「やっぱり、茶道の家元の伝統あるお茶会だから、練り切りではなく〝こなし〟がいいでしょうか」

その日の夜、ちゃぶ台の上にたくさんの桜モチーフの和菓子を並べ、伊吹さんと作戦会議を始めた。

練り切りとこなしは、どちらも上生菓子の成形に使う色のついたあんこだが、練り切りはあんこに求肥を混ぜて作るのに対し、こなしはあんこに小麦粉を混ぜて蒸し上げる。食感の違いがいちばん大きく、こなしは〝もちもち〟〝しこしこ〟といった感じの弾力がある。

こなしは京都から広まった製法で、関西の茶席でよく使われている。格式のある茶会なら、こなしのほうがふさわしいだろう。

「そうだな。こなしで作ることを前提にして、見た目を考えよう」

食感が違うので、作れる形にも多少差が出る。伊吹さんの繊細な持ち味を生かすには、どんな形にしたらよいだろうか。

「お花見茶会だから桜というのは、安直すぎますか？」

「桜にするとしたら、ひと工夫が必要かもな」

「でしたら、山桜を模したお菓子はどうでしょう」

夢中でアイディアを出し合っていたら、日付が変わっていた。

「もうそろそろ、休みましょうか」

「ああ、そうだな」

伊吹さんは立ち上がると、当然のように私の寝室に向かう。以前はそれが照れくさくて恥ずかしかったのだけど、今はうれしい。布団の中に入ってから眠りに落ちるまで、うとうとしながらとりとめのない話をするのも、日々の楽しみになっているのだ。

「伊吹さん。そういえば、安西《あんざい》さんと佐藤《さとう》さんの件なんですけど……」

ポカポカと温まった布団の中。伊吹さんに腕枕され、お互いの体温がまじり合って、いつもよりもふわふわした気持ちで口を開く。

「くりはらの従業員だな。敵情視察のときに声をかけてきたのは、安西のほうだったか」

「そうです」

朱音堂のオープン準備のとき、伊吹さんとくりはらへ偵察に行った。物陰から店を観察しているときに声をかけてきたのが、ぽっちゃりした癒やし系の安西さんだ。

「そのふたりが、どうかしたか？」

「いえ、元気にしているか心配で……。ふたりとも、いい人でしたから」

佐藤さんのほうは、小柄で眼鏡をかけていて、一休さんのような見た目だ。

「お前を裏切って小倉についた従業員のことなんて、気にする必要ないだろう」

「そうなんですけど、でも……」

あのとき安西さんは、私を本気で心配してくれていた。伊吹さんも『小倉の手下にしては態度がおかしかった』『向こうも一枚岩ではないのかも』と言っていたのだ。

そのあとなにも音沙汰がないから、忘れてしまったのだろうけれど……。

「ふたりの性格を考えると、裏切りというのがしっくりこなくて……」

眠気を我慢しながら話していたのだが、とうとうあくびが出てしまった。

「もう寝ろ。ふたりが気がかりなら、今度また様子を見に行こう」

「はい……」

伊吹さんが空いているほうの手で髪をなでる。その感触が心地よくて、うなずき返してすぐ、私は眠りに落ちていた。


次の日の朝、目を覚ましてから開店までは忙しく、安西さんと佐藤さんの話をしたことも忘れていたのだが、それを思い出させる出来事が起きた。

お昼を回ったころ、不審なふたり組のお客様が来店したのだ。ふたりともサングラスとマスクをつけていて、こそこそと周りをうかがいながらお店に入ってきた。

まさか、強盗!?と一瞬ひやっとしたのだが、店内に入ってからは真剣に棚やショーケースに並んだ和菓子を見ている。

ぽっちゃりした男性と、小柄で痩せ型の男性のふたり組。そのシルエットと、所作には見覚えがあった。

「安西さん、佐藤さん……？」

上生菓子のショーケースを挟んで、ふたりに声をかける。

途端に、ふたりともビクッとして顔を見合わせた。

「ひ、人違いです」

安西さんは声を高くしてそう答えたが、その不自然さが本人だとバラしているようなものだ。

「いえあの、さすがにわかります……。今日は、どうしてここに？」

たずねたものの、ふたりともそわそわと身体を揺らすだけで口を開かない。私と伊吹さんがくりはらに行ったときのように、敵情視察なのだろうか。それとも……。

「小倉さんと、なにかあったんですか？」

「いえ、お嬢さんが元気でやっているか心配で……」

「あっ、バカ！　黙ってろって」

口をすべらせた安西さんの頭を、佐藤さんが叩く。

「ごめん、つい」

「も、もう帰るぞ」

ふたりは押し合いへし合いしながら、逃げるようにして店を出ていった。

「……帰っちゃった」

「茜。妙に騒がしかったがどうかしたのか？」

呆然としていると、厨房から伊吹さんが出てきた。

「あ、伊吹さん……。実は今、安西さんと佐藤さんが来店していたんです」

「なんだと？　大丈夫か？　なにかされなかったか？」

伊吹さんはあわてた様子で私の腕や頭をさわる。心配してくれるのはうれしいが過保護にされるのが恥ずかしくて、ぶんぶんと首を横に振った。

「だいじょうぶです。なにもないです」

「じゃあ、なんの用だったんだ？」

「それが……私が元気か心配で、ふたりで様子を見に来たみたいで……」

「小倉の陣営が、か？」

私は、ふたりが変装をしていて、気づかれたらすぐに帰ってしまったことを伊吹さんに説明した。

「やっぱり、ふたりにはなにか事情があるのだと思います。小倉さんのほうにつかなければいけなかった、事情が……」

あのふたりが私と祖父を裏切るだなんて、やっぱり思えない。ずっと引っかかっていたものが、今日ふたりの姿を見てはっきりした。

「お前が不自然さを感じるなら、なにかあるのだろうな。小倉に脅されているのか、ほかの理由か……。いずれにせよ、小倉から店を取り戻せば、そのふたりを救うことにもなるだろう」

「そうですね。それまで元気でいてくれるといいのですが……」

「問題ない。小倉の目を盗んで、わざわざ変装してまでここに来るやつらだ。度胸がなければできない」

「たしかに、そうですね」

安西さんも佐藤さんも、優しいだけではなく芯のしっかりした人たちだった。今、不遇な環境で働いているのだとしても、きっと耐えてくれると信じている。

花見茶会のお菓子は、山桜を模したこなしで決定した。

「それだけだとおもしろみがないので、桜の風味をつけるのはどうでしょうか」

「なら、桜の塩漬けをあんこに混ぜるのはどうだ？」

「いいですね！　試作してみましょうか」

こうしてどんどん、お菓子が完成形に近づいていく。順調すぎて怖いくらいだ。天神様主催のお茶会のときに呪いをかけられて妨害されたことを思い出す。

「ダメダメ、変な心配しちゃ」

あの呪いも、かけたのは人間でないと判明したし、いちいち小倉さんのジャマを恐れていたら、なにもできない。

でもこの、胸の奥でざわざわしている不安は、なんだろう。なにか大事なことを見落としているような、そんな不安。

「きっと、ナーバスになっているだけだよね」

お茶会当日が近づいて、緊張しているだけだ。

説明できない不安から目を逸らしているうちに、カレンダーは四月の終わりに近づいていった。

「よし、できた！」

花見茶会当日の朝、私たちは山桜のこなしを二十個、完成させた。あとはこれを、お昼までに会場へ届けるだけだ。

今日は日曜日で大路くんが店番をしてくれるので、ピークタイムを避けて、私と伊吹さんふたりで配達に行く手はずになっている。

「じゃあ、大路くん、よろしくね。ひとりにしちゃって申し訳ないけど……」

「いえ、この時間帯なら大丈夫ですよ。気をつけてくださいね」

不安のかけらもなく、にこやかに送り出してくれる大路くんが頼もしい。

「ありがとう。いってきます」

会場となる料亭には、バスで三十分くらいかかる。山桜を見る会なので、山のふもとなのだ。

料亭に着くころには、時間は十一時になっていた。お茶会は十二時に始まるので、いい時間に届けられた。

「ありがとうございます、たしかに受け取りました」

玄関まで出てきてくれた、華やかな着物姿にまとめ髪のお弟子さんに風呂敷包みを預ける。

「よろしくお願いします」

頭を下げ、ひと安心して帰ろうとすると、「あ」と呼び止められた。

「一応確認なのですが、小麦粉なしのお菓子には印ってついていますか？」

「えっ、印ですか？　こなしだから、小麦粉は全部のお菓子に使っていますが……」

お弟子さんの言葉の意味がわからなくて、私も伊吹さんも首をかしげる。今まで笑顔だったお弟子さんも、不審な表情になる。

「家元が小麦アレルギーなので、必ずひとつは小麦粉を使っていないお菓子にしてくださいと連絡したはずなのですが……」

ざわ、と背中に鳥肌がたった。大変な事態になったという予感。

「ええっ？　私はうかがってないです」

「俺もだ」

「おかしいな……。間違いなく朱音堂さんに電話したはずなのですが」

お弟子さんの顔色が悪くなり、焦り始めたのがわかる。

「ど、どうしましょう、伊吹さん」

思わず伊吹さんの袖にすがりつく。

お茶会だからと、こなしを選んでしまったのがあだになった。あんこに小麦粉をばっちり混ぜてある。

「くそ……どうしてこんなことに」

伊吹さんはうつむき、唇を噛んでいた。

天神お茶会のときは、トラブルがあってもお菓子は間に合った。このピンチは、そのときの比ではない。開会一時間前に、作ったお菓子が間違っていたと気づいたのだから――。

解決策が思いつかず押し黙っているとき、料亭の自動ドアが開いた。

ハッとそちらに目をやると、今いちばん会いたくない人物の姿があった。

「まさか小麦粉を使わはったんですか？　大事なお茶会に穴を開けてしもうたら大変

なことになりますねぇ」

小倉さんが、ニヤニヤと笑みを浮かべながら私たちに近づいてくる。

「うちは桜餅にしました。これなら、あんこと餅米だけですみますからね」

顔は私と伊吹さんに向けたまま、お弟子さんに風呂敷包みを渡す。その中には、小倉さんの作ったお茶会用のお菓子が入っているのだろう。

「注文をふたつに分けておいてよかったですね。私どもの桜餅だけでも、お茶会は開催できるでしょう。それでは」

慇懃《いんぎん》無礼《ぶれい》に頭を下げて、小倉さんは去っていった。私の中で、違和感がむくむくと首をもたげる。

どうして小倉さんは私たちがもめているのを見ただけで、小麦粉を使ってしまったのだとわかったのだろう。

「まさか、小倉さんがなにかジャマを――？」

呪いのときも小倉さんの仕業だと疑った。でもそんなこと、できるのだろうか。お弟子さんは朱音堂に電話をかけたと言っているし、いくら小倉さんでも電話に細工なんてできないだろう。

「わ、私、ほかの弟子に相談してきます」

お弟子さんは、ふたつの風呂敷包みを持って、バタバタと奥の部屋に駆けていく。

心臓がドクドクと音をたて、嫌な汗が出てきた。

立ちくらみを起こしそうになっていると、伊吹さんに手を引かれて料亭の外に連れ出された。人目につかない植え込みの陰で足を止める。

「茜、こちらに」

さっきまで焦っていたはずの伊吹さんは、冷静な表情で私を見つめている。

「今ここで小倉を問い詰めても問題は解決しない。それより、家元のぶんひとつを小麦粉なしで作り直したほうが早い」

意外な言葉に目を見開く。以前の天神お茶会では、小倉さんの嫌みを聞いてつかみかかっていたのだ。こんなに伊吹さんが変わるなんて、感動と驚きが押し寄せる。

「でも、もうすぐお茶会が始まってしまいます」

伊吹さんの冷静さは頼もしいけれど、ここまでの往復だけでタイムオーバーだ。

私の手を握り、伊吹さんは「茜、大丈夫だ」と瞳をのぞき込む。

「俺が瞬間移動で店に戻れば、なんとか間に合うはずだ」

「瞬間移動……」

そうか、その手があったか、と胸にひと筋の光明が差す。瞬間移動なら、一時間まるまる作業に使える。それだけの時間があれば、代わりのお菓子を作るのに間に合う。

「終わったらまた瞬間移動で戻ってくる。任せてくれるか？」

「……お願いします！」

「わかった。必ず間に合わせる」

そう言い残すとすぐ、伊吹さんは跡形もなく姿を消した。

なにを作るのか、相談している時間はなかった。私はひたすら伊吹さんを信じて待つだけだ。

私は戻ってきたお弟子さんに、なんとか代わりのお菓子が間に合いそうなことを伝えて外で待機する。

それから三十分後、伊吹さんは植え込みの陰に姿を現した。

「伊吹さん！　お帰りなさい！」

「待たせたな。大路が驚いていたが、なんとかごまかしておいた」

「間に合ってよかったです。なにを作ったんですか？」

伊吹さんが、手を開く。小さなケースに入ったそれは、ピンクと黄緑色でできた、山桜がモチーフのお菓子だった。

「えっ、これは……」

こなしで作ったものと同じでは？と焦って顔を上げると、伊吹さんはにやりと口角を上げた。

「小倉の言葉で、餅米ならば平気なのはわかったからな。厨房にあった練り切りあんで同じものを作ってみた」

練り切りは、あんこに求肥を混ぜて作る。求肥の材料は白玉粉——つまり、餅米だ。

「びっくりしました……。これは、練り切りなんですね」

改めてしげしげと観察するけれど、朝二十個作ったこなしと、見た目はうりふたつだった。

「でも、すごいです。こなしで作ったものとまったく同じで、見分けがつかないです」

「どちらもあんこなのだから、同じ見た目のものは作れるだろう?」

「いや、そんなことないです。あんこに混ぜる材料が違うんですから、普通は若干違いが出てくるものなんです」

「そうなのか」

色や質感もそうだし、形もだ。同じだけ着色料を混ぜて、同じ手順で成形しても、素人でもよく見れば気づくくらいの差は出る。私が見ても違いがわからないなんて、よっぽどの技術と繊細さがないとできない。

伊吹さんはそのすごさがよくわかっていないらしく、無関心な様子で腕を組んでいる。

「早く弟子に届けてやれ。俺は少し、ここで休んでいる」

「はい！」

お弟子さんは三十分で代わりのお菓子を持ってきたことに驚いていたけれど、材料がたまたま手元にあったと嘘をついてごまかした。お茶会の準備が始まって会場がバタバタしていて、すぐに会話が打ち切られたので助かった。

「じゃあ、帰るか。瞬間移動で店まで運んでやれなくて悪いが……」

伊吹さんと手をつないだあと、そうぽつりとつぶやく。

気にしたことはなかったが、伊吹さんも弁天様もいつもひとりで消えるので、神様の瞬間移動は定員が一名なのだろう。

「いえ、気にしないでください。伊吹さんとバスに乗るの、好きですから」

バスというか、伊吹さんと同じ時間を過ごすのが好きなのだけど。

「そうか」

伊吹さんは、私の気持ちを見透かしたように微笑んだ。

こうして幕を閉じた家元のお茶会だったが、夜にお弟子さんからお詫《わ》びの電話がかかってきた。

「今日は本当に申し訳ありませんでした。あのあと姉弟子に、私が電話番号を間違えたのだと叱られて……。朱音堂さんにも迷惑をかけて、すみません」

「いえ、間に合ったのですから気にしないでください。作るお菓子が決まったときに私からも連絡を差し上げるべきでした」

注文を受けたのはこちらなのだから、反省点は私たちにある。それは次に生かせばいいので、相手を責めるつもりはない。

きっとほかの和菓子屋さんに電話をかけて、そのお店もよくわからないままうなずいてしまったのだろう。小倉さんの妨害ではなく、ただの不運な行き違いだった。

「実はお電話したのは、お詫びだけでなく、ご報告したいことがあったからなんです。追加で作っていただいた練り切りを、家元がすごく喜んでいました」

お弟子さんはひと呼吸置いてから、話し始めた。

「やはりお茶会ですから、こなしを指定して注文することもよくあるんです。そうすると家元はひとりだけみんなと違うお菓子を食べるので、それを寂しく感じていたそうでして……」

「そうなんですか……」

小麦アレルギーというだけで大変そうなのに、本業の茶道でも気を遣わなければいけないなんて、つらい。

お茶会のとき、自分だけ違う和菓子が用意されている光景を思い浮かべると、私まで寂しくなった。

「でも今日は、練り切りとこなしで種類が違うのに、自分も同じお菓子を食べているみたいだった、って上機嫌で……。お茶会も、すごくほがらかに進んだんですよ。本当にありがとうございます」

お弟子さんは明るい声だったけれど、電話口の向こうで洟《はな》をすっている音が聞こえた。つられて私のまぶたもじわっと熱くなる。

「いえ、こちらこそ……！　そんなお話が聞けて、私もうれしいです。職人にも伝えておきますね」

涙目のまま電話を切り、すぐに伊吹さんに伝えると、表情にうれしさをにじませ、

「そうか……」とつぶやいたあと、ふうっと大きく息を吐いた。

「小倉に勝ちたいと思っていたが、その話を聞いたら勝ち負けなどどうでもよくなってきた」

「はい。食べた人に喜んでいただけるのが、いちばんうれしいです」

私も同じことを考えていたので、心が通じた気がした。

「伊吹さんが同じ形の練り切りを作ってくれたおかげですね。ありがとうございます」

「そう褒めるな。違うものを作るという発想がなかっただけだ」

伊吹さんは照れくさそうに頭をかく。

「それがすごいんですけど……」

伊吹さんが自分のすごさに無頓着な部分も、愛しいと思う。鬼だったという自責の念から、自分を過小評価するようになっているのかもしれない。

だったら私は、伊吹さんの尊敬できるところや好きなところをたくさん見つけて、伝えていくことにしよう。鬼でも神様でもなく伊吹さん自身を、伊吹さんが認めてあげられるように。

「茜。夜桜を見に行かないか」

伊吹さんが突然言い出したのはその日の真夜中、もうそろそろ寝ようかという頃合いだった。

「えっ。今からですか？　もうバス、終わっちゃってますけど……」

時計を見ると、十一時半だった。私もお風呂に入ってパジャマを着ているし、店の近所に今の時期咲いている桜はない。

「お前も一緒に瞬間移動で連れていくから問題ない」

「瞬間移動って、神様本人しかできないものなんじゃ」

えっ？と驚いて聞き返すと、意外な顛末《てんまつ》を聞かされた。

「俺もそう考えていたのだが、持ち物も一緒に運べるなら、人を抱えていても同じなのではと気づいてな。小豆洗いに相談を持ちかけたら、協力してくれた。結果、だれかを連れてでも瞬間移動できることがわかった」

「つぶあんが……」

伊吹さんがつぶあんを抱っこして瞬間移動の練習をしている光景を想像すると、かわいさとおかしみで笑みがこぼれた。

「山桜も散ってしまうから急いだんだ。嫌か？」

「いいえ、うれしいです！　すぐに着替えますね！」

パジャマからスエットとジーンズに着替えると、玄関で靴を履くように言われた。

「どこの桜を見るんですか？」

「俺のとっておきの場所だ。いいか、よくつかまっておけよ」

「きゃっ」

伊吹さんは私の膝の下に腕を入れて持ち上げ、お姫様抱っこをする。まさか、この体勢のまま瞬間移動をするの？

「最初は変な感じがするかもしれないから、俺が合図するまで目を閉じておけ」

「は、はい」

もう聞き返している余裕はない。目をぎゅっとつむると、エレベーターに乗ったときのような、身体がふわっとする感覚に襲われる。

そして、家にいたときとは違う、頬に感じる夜風。

「もう、目を開けていいぞ。茜」

伊吹さんにしがみついたままおそるおそる目を開けると、右も左も星空で、地上は遥《はる》か下にあった。

「ちゅ、宙に、浮いてる……!?」

「大丈夫だ、落ちることはない。俺に身を預けていろ」

「は、はい」

深呼吸し、動悸《どうき》が落ち着くと、ゆっくり地上を眺める余裕ができた。

どうやら、どこかの山の上らしい。ピンク、白、濃いピンクと、様々な種類の山桜が、山を春色に彩っている。暗くても見えるのは、ところどころに青白い光が浮いているからだ。

「すごい眺めです……。あの明かりは、伊吹さんが？」

「ああ。事前に鬼火を用意しておいた」

ライトアップの用意までしてくれていたなんて、と感激する。

伊吹さんは私を抱いてふわふわ浮いたまま、見える角度を変えたり、山に近づいたりしてくれた。

「伊吹さん、この場所は……？」

「大江山だ。鬼だったとき、ここの山桜を見るのが好きだった」

大江山はたしか、酒呑童子が住処にしていた場所だ。つまり、伊吹さんが源頼光に退治された因縁の場所でもある。

伊吹さんの首に腕を回しているので、痛々しい傷跡が間近で目に入る。私はそれから目を逸らすようにして、腕にぎゅっと力を入れた。

「茜」

私の反応を最初から予想していたように、伊吹さんは穏やかな声色で話しかける。

「こんな話も、以前の俺だったらできなかった。今だから、鬼だったときの自分と向き合い、お前を連れてこられた」

「伊吹さん……」

鬼火に照らされた山桜が幻想的で、伊吹さん越しに見る星空が美しくて。そしてなによりいちばん、優しく微笑む伊吹さんがキレイで、涙がこぼれそうになる。

「うれしいです。伊吹さんにとって特別な思い入れのある山桜を、一緒に見ることができて」

目の端ににじんだ涙を、伊吹さんは指でぬぐってくれた。

鬼でも神様でもなく伊吹さん自身を見てあげたいと考えながらも、鬼のころのエピソードを気にしていたのは、私のほうだ。伊吹さんはもうとっくに乗り越えていたのに。

「伊吹さん……」

またじわりと景色がにじみ、伊吹さんに今の気持ちを伝えたくてたまらなくなった。

「私は伊吹さんが大好きです。不器用なところも、優しいところも、本当は繊細なところも、周りの人を大切にしてくれるところも……。自分のすごさに無頓着なのに、いつも私を褒めてくれるところも。伊吹さんが鬼でも神様でも人間でも関係ない。ずっと愛しています」

ひと息で言い切ると、はあはあと息が上がって頬が紅潮する。

伊吹さんは固まったまま、私の顔を凝視していた。

「あの、伊吹さん……？」

突然すぎてあきれてしまったのだろうかと不安になると、伊吹さんがふうーっと長く息を吐いたあと宙をあおいだ。

「そんなかわいいことをこの体勢で言われたら、困る」

「えっ」

「今はお前に手も足も出せない」

伊吹さんの耳が赤くなっている。広い胸に顔を寄せると、伊吹さんの心臓もドキドキと高鳴っているのがわかった。

「地上に下りていいか？」

「あっ、はい……」

ゆっくりと高度を低くし、山桜の生えている山の斜面、鬼火のそばに私を下ろした伊吹さんは、そのまま山桜の幹に私を押しつけた。

「い、伊吹さん……？」

壁ドンのような体勢になっていて、身動きができない。鬼火に照らされた伊吹さんの顔が青白くチラチラと光る。

「お前があおるのが悪い。覚悟しろよ」

唇を舌でぺろりとなめながらそう言うと、伊吹さんは私に口づけをした。

いつもの優しいそれとは違う、激しくて長いキス――。

私はキスの合間にあえぐように呼吸しながら、伊吹さんの背中へ腕を回していた。

「茜。俺もお前を、愛している。これ以上の気持ちはないと思っていたのに、季節が巡るごとにどんどんお前に惹かれている」

名残惜しそうにゆっくり唇を離した伊吹さんに、抱きしめられながら耳元でささやかれる。

「私もです。昨日よりも、おとといよりも……今日の伊吹さんがいちばん好きです」

そう伝えると、伊吹さんが頭上でふっと笑った気配がした。

「夫婦は、こんなところまで似るのか？」

「そうかもしれません」

「すまない。もう少しお前を味わいたい」

再び身体を離すと、今度は優しい雨のようなキスが降ってくる。頬に、おでこに、唇に――。

キスを浴びながら、考える。

いつか近い未来、伊吹さんと〝本当の夫婦〟になる日が来たら……。私は伊吹さんのすべてを受け入れよう。そしてそれはきっと、私たちにとって特別な、幸せな思い出になるだろう。

いつになるかわからないけれど、そのときは彼のすべてを愛で包み込んであげられますように。

そう願って、私は自分から伊吹さんにキスをした。

第五話　鬼神の花嫁と永久の誓い

朱音堂初のゴールデンウィークは、大忙しだった。大路くんにフルで入ってもらうだけでは足りなくて、千草にも臨時バイトで来てもらうことにする。

でも千草との電話で、思ってもみなかった真実が判明した。

「ごめんね千草、急に来てもらって……。連休が終わったら、この前行けなかった和カフェ、一緒に行こうね」

『ううん、気にせんといて！　でも、和カフェってなんのこと？　そんな約束、したっけ？』

千草は不審な声で聞き返す。

「えっ、四月に大路くんと三人で行くはずだった和カフェだけど……」

話が食い違っているのでよく聞いてみると、千草にはそもそも大路くんから連絡が来ていなかった。

『大路くんと？』

誘ったけど講義で来られないって言ってたのに、どういうこと？　それは口実で、大路くんは最初から私とふたりで出かけるつもりだった？

彼を問い詰めたかったけれど、せっかくお店の雰囲気がよくなったばかりなのに余計な火種を持ち込みたくなかった。

でも、ひとりで悩むと、どんどん考えが嫌な方向に向いていく。

花見茶会の注文を受けたすぐあと、お店の電話が鳴らなかったっけ。あのとき電話に出たのは大路くんで、『間違い電話でした』と言っていた。あの電話が、お弟子さんからの電話だった可能性は……？

もしそうだったとしても、大路くんがそんなことをする意味がわからない。私を和カフェに連れ出すにしても、大事な連絡をわざと伝えないにしても。

ひとつ共通しているのは〝伊吹さんが困る〟という点だけど……。そんな陰湿な手段でわざわざ伊吹さんに嫌がらせするとは考えにくい。

千草には適当な理由をつけてごまかし、電話を切ったあとつぶやく。

「電話は本当に間違いで……。千草にはメールをしたけれど届かなかったのかもしれない。それで、講義があるから返事が来ないって勘違いしたのかも」

うん、そう考えるほうがずっと現実的だ。文句も言わず、ゴールデンウィークに連勤してくれた大路くんを疑うなんて、したくないもの。

私はそう結論づけて、連休最終日を迎えた。

「千草、最終日もお疲れ様。本当に助かったよ」

閉店作業まで手伝ってくれた千草に、バックヤードで声をかける。千草は作務衣から私服に着替えながら、「お疲れ様～！」とハイタッチしてくれた。

「茜と伊吹店長こそ、がんばってたやん！　身体も疲れてると思うし、今度の定休日は夫婦でゆっくり休みよし」

「うん、そうするね」

伊吹さんは疲れを表に出さないけれど、いつもの倍くらいの和菓子を毎日作っていたし、息抜きはさせてあげたい。

出かけるよりは家でゆっくりしたほうがいいのかな……と考えていると、千草が含み笑いをしながらこちらを見ていた。

「ふふふ。実は私、いいもの持ってるんよね。友達からもらったんだけど、使わないし茜にあげようと思って」

「え、なあに？」

「嵐山《あらしやま》に日帰り温泉があるの、知ってる？　そこの割引券」

千草が手渡してきたのは、温泉旅館の割引券だった。最近、日帰り温泉ができたらしく、今はキャンペーン中らしい。

「へー、嵐山かぁ。高校生のころ、千草と遊びに行ったきりかも」

嵐山には、トロッコ列車や川下りがあり、自然を満喫できる。秋の紅葉が有名だけど、今の時期も新緑がキレイだ。

「連休が終わったばかりだから、すいててええんとちがう？　伊吹店長と行ってきよし。旅行とか、一回も行ってへんやろ？」

「う、うん。お店休めないし……」

「ここなら日帰りで行けるし、ええやん。風呂上がりの伊吹店長って、色っぽそうやし……。茜も浴衣姿で悩殺したらええやん！」

「の、悩殺……!?」

頭の中に、浴衣姿で髪を濡《ぬ》らした伊吹さんが思い浮かぶ。自分よりも色っぽい夫を悩殺って、どうすればいいの？

「ごめん、茜には刺激が強かったか～」

固まったまま口をぱくぱくさせている私の肩を、ぽんぽんと千草が叩く。

「難しいこと考えへんと、息抜きに温泉入って、おいしいもの食べてのんびりしてきよし！」

「うん、そうだね」

そういえば、伊吹さんは神様だから普段お風呂に入らない。温泉には入れるのだろうか？

伊吹さんの湯上がり姿を拝みたいからというわけでは断じてないが、一応相談してみようと決めた。

「日帰り温泉？」

「はい。千草に割引券をもらったんですけど、神様はお風呂に入れないとか、ありますか？」

伊吹さんが茶の間でひと息ついているときに話を切り出してみる。

すると、伊吹さんは即座に否定した。

「そんなことはない。普段は、必要がないから入らないだけだ。身体は神力でキレイなままにしておけるしな。ただ、食べ物と同じで嗜好品としてお湯に浸かるぶんには問題ない」

「そうなんですね」

和菓子やお酒と同じというわけか。お酒は酔おうと思えば酔えるらしいので、お風呂も味わえば気持ちよくなれるのだろう。

「そういえば、神になってから湯には浸かってなかったな。久しぶりにあの感覚を味わいたくもある」

伊吹さんは腕を組んで目を閉じ、お風呂の感覚を思い出そうとしているようだ。乗り気になってくれたので、私もうれしくなる。

「じゃあさっそく、次の定休日に行きませんか？」

「了解した。しかし、茜から温泉に誘うなど大胆だな。少し驚いた」

伊吹さんは照れくさそうに微笑むと、私の腰を引き寄せた。

「え、そうですか？」

たしかに誘うのはちょっと恥ずかしかったけれど、千草もサークルの旅行で温泉に行ったたって言ってたし、そんなに大胆かな。

……ん？　神様になってからお風呂に入っていないってことは、少なくとも伊吹さんが最後に温泉へ行ったのって人間のときか鬼のときだよね。その時代の温泉って……。

「あの、念のために説明しておくと、温泉は混浴じゃないですよ？」

「なに？」

伊吹さんの目が驚きに見開かれる。やっぱり勘違いしていたんだ。

「別々に入って、楽しいのか……？」

「疲れも取れるし、楽しいと思います」

伊吹さんは疑問が残る表情をしていたが、「まあ、お前が楽しいなら、それでいい」と賛成してくれた。


そして、次の定休日。京都市内からバスと電車を乗り継いで、私と伊吹さんは嵐山に来ていた。

山は新緑がキレイだし、お天気がいいから川もキラキラしている。なにより、空気がおいしい。

「風が気持ちいいですね、伊吹さん」

「そうだな。鬼だったときは長いこと山に住んでいたから、こういった景色は落ち着く」

ゴールデンウィーク明けの平日といっても人気観光地なので人は多く、渡月橋《とげつきょう》の周りには屋台も出ていた。

「伊吹さん、五平餅《ごへいもち》がおいしそうです」

「向こうには苺《いちご》大福もあるな」

お互い気になるものを買い、ベンチで半分こして食べていると、伊吹さんが周りの視線を集めていることに気づいた。

伊吹さんの洋服は、以前買ったジャケットとニット、パンツの組み合わせしかないので、ジャケットの中に合わせるシャツを買い足した。首には、私がプレゼントした端切れのマフラーが巻いてある。着物のときよりもスタイルのよさが際立つし、ダテ眼鏡も似合っている。女性がちらちらと見てくるのも仕方ないかっこよさだ。

黒いチノパンに包まれた長い脚を組んで、手についた苺大福のクリームをぺろりとなめる伊吹さん。ドラマのワンシーンみたいで、隣にいる私でさえ見惚《みほ》れてしまう。

私も、ホワイトデーのときに買ってもらったワンピースを着て、メイクもがんばってみたけれど、伊吹さんにつり合っているだろうか……。

「なんだ、もっと欲しいのか？　足りないなら買ってきてやる」

じっと見ていたら、伊吹さんにお腹がすいていると勘違いされた。

「だ、だいじょうぶです」

唇の端についた五平餅のタレをぬぐいながら答える。食いしん坊だと思われただろうか。恥ずかしい。

「そうか。なら、そろそろ温泉に行くか？　この近くなんだろう？」

「はい。すぐ近くなので、温泉に入ってからまた観光しましょうか」

立ち上がってワンピースの裾をはらうと、伊吹さんはベンチに座ったまま、まぶしそうな表情で私を見上げていた。

「あの、どうかしましたか？」

「いや……。お前がかわいくて。なんというか、場所が違うだけでこんなに新鮮なものなのだな」

ストレートな言葉に顔が熱くなると同時に、びっくりした。まさか、同じようなことを伊吹さんも考えていたなんて。

「本当……ですか？」

「ああ。だれの目にも入れたくない、隠しておきたいくらいだ」

伊吹さんの眼差しが、その言葉が百パーセント本音だと語っていて、目尻にじわっと涙がにじんだ。

つり合っていないかも、なんて心配は必要なかった。伊吹さんはずっと私だけを見てくれているのに。自分が隣にいてもいいのか不安だったけれど、伊吹さんの愛を信じていれば、そんなの気にならない。むしろ、余計な心配をすることが伊吹さんを信頼していない証明になってしまう。

だから私も、伊吹さんだけをまっすぐに想っていよう。

「伊吹さん！」

自分から伊吹さんの腕に手を絡めると、手をつないでいるときよりも身体が密着した。

「どうした？」

「なんだか急にこうしたくなって。……嫌ですか？」

「いや、うれしい」

その体勢のまま嵐山を歩いていると、なんの悩みもない幸せな新婚夫婦になったような気がして、この時間がずっと続けばいいのにと願った。

「あっ……！」

日帰り温泉の建物に入り、受付でタオルと浴衣、ロッカーの鍵をもらったところで、私は重大なミスに気がついた。

「あの、伊吹さん。首にタオルを巻いたままでは湯船に入れないんです。首の傷、ほかの人に見られちゃう……」

洗い場では大丈夫だが、【タオルは湯船に入れないでください】と注意書きしてある温泉がほとんどだ。

「ああ、これか」

伊吹さんも、言われて気づいたようにマフラーをくいっと引っ張る。

「すみません。私が浮かれてて、大事なこと忘れて……」

どうしよう、と焦りながら謝罪したのだが、伊吹さんは落ち着いていた。

「もう傷は気にしていない。普段は、見苦しいだろうと思って隠しているだけだ」

「そう……なんですか？」

「ああ。まあ、多少注目は集めるかもしれないが、気にしなければ大丈夫だ」

本当だろうか。もしかしたら私を気遣ってくれているだけなのかも。

じっと伊吹さんの顔色をうかがっていたら、頭をぽんぽんとなでられた。

「鬼である自分も受け入れたと言っただろう。そんな顔をするな。温泉、楽しみにしていたんだろう？」

穏やかな微笑みにホッとする。伊吹さんは本当に過去を乗り越えたんだ。

温泉の暖簾《のれん》の前で伊吹さんと別れ、身体を洗って湯船に浸かった。壁一枚を隔てた向こうで伊吹さんもお湯に浸かっているのだと想像すると、ドキドキする。

しばらく温泉を堪能していると、お肌がすべすべになってきた。身体もゆっくり伸ばせているせいか、疲れも取れてきた気がする。

「思ったよりいいかも、温泉……」

力を抜き、お湯の気持ちよさにただ身を任せていると、現実を離れて夢見心地になってくる。

小倉さんのことも、祖父のお店のことも、まだ〝本当の夫婦〟になっていないことも……。こうやってお湯に溶かすみたいに、いつの間にか解決できていたらいいのに。

だんだん頭がふわふわしてのぼせそうになってきたので、顔をぺちぺち叩いてからお湯から上がった。

「あの、お、お待たせしました」

浴衣を着て濡れた髪をまとめ、軽くメイクを直して、ベンチに座っている伊吹さんと合流する。

「いや、俺もさっき出たところだ」

「……っ」

湯上がり浴衣姿の伊吹さんは、想像以上の破壊力だった。癖のある黒髪がしっとりと濡れ、ストレートになっている。少し汗ばんで上気した肌も、ちらっと見える胸元も、色っぽくてクラクラする。

私の湯上がり姿なんて伊吹さんは毎日見ているから新鮮味もないけれど。

「茜、顔が赤い。湯あたりかもしれないから、少し休んだほうがいい」

「は、はい」

これはお風呂のせいではないんだけど……と心の中で言い訳しつつ、伊吹さんの隣に腰を下ろす。

「ここの二階は宿になっているそうだな。祖父の店を取り戻して落ち着いたら、ふたりで泊まりたいものだ。いや、その前に新婚旅行か」

「えっ。いいんですか？」

新婚旅行という文化を伊吹さんが知っていたのにもびっくりだけど、旅行に誘われたこと自体が意外だった。

「どういう意味だ？」

「神様は瞬間移動ができるから、旅行に興味がないと思っていたので……」

そう返すと、伊吹さんは「言われてみれば、そうだな」とうなずく。そのあと、言葉を選びつつ丁寧に話してくれた。

「たしかに、ひとりならどこへでも一瞬で移動できるが、旅行とは意味合いが違う。俺は、お前と一緒にいろんな場所へ行きたい。お前となら、どこへ行ってもきっと楽しいだろう」

「私もです……。今日みたいな時間をまた取れたらうれしいです」

伊吹さんといるだけで景色がキレイに見えるし、食べ物もおいしく感じる。今日は嵐山だったけれど、知らない土地をふたりで旅できたら、どれだけ感動するだろう。

「じゃあ、約束だ。茜は祖父の店を取り戻す前に、どこに行きたいか考えておけ」

「はい」

小指と小指で指切りをする。これは、いつ叶《かな》うかわからない約束ではなく、絶対に叶えるための約束だ。

伊吹さんとどこに行きたいか考えていると、その日がすぐ来るような予感がしてきた。

「向こうに足湯があるみたいです。行ってみませんか?」

しばらく休んだあと、そう提案してみる。足湯だったらふたりで話しながら入れるし、外で涼めるからちょうどいい。

「ああ。ただその前に、やってみたいことがあるんだが……」

伊吹さんが神妙な顔で切り出す。

やってみたいこと？　ここに足湯以外の施設は、あっただろうか。

「はい。なんでしょう」

「あっちだ」

伊吹さんはやる気たっぷりに勢いよく立ち上がる。

手を引かれるがままに連れてこられたのは、自動販売機の前だった。

「ここで、なんとか牛乳、というものを飲むのが至高だと、温泉に一緒に浸かっていた男が勧めるのでな」

なんと、私がのぼせそうになっていた間に伊吹さんはお風呂の中でも人と交流していたのか。この様子だと、首の傷をじろじろ見てくる人もいなかったのだろうな、とホッとした。

「たぶん、コーヒー牛乳かフルーツ牛乳だと思います。どっちがいいですか？」

「お前が選んでくれ」

フルーツ牛乳は甘すぎる気がしたので、二種類とも買ってコーヒー牛乳のほうを伊吹さんに手渡す。

瓶に入った冷たい牛乳を、しげしげと見つめながら伊吹さんは受け取った。

蓋の開け方を教えて、さあ飲もうという段階になると、伊吹さんはまた予想外の発言をした。

「腰に手を当てて一気飲みするそうだ」

「そ、そんなことまで教えてくれたんですね」

「うむ。行くぞ」

勇ましいかけ声をあげ、伊吹さんはコーヒー牛乳を飲んでいく。反らした喉仏が上下に動くのが見え、ごっごっ、というビールのCMのような音が響く。

こんなお手本のような姿勢で牛乳を飲む人が珍しいのか、浴衣姿のおじさんが「ほお～っ」と感心した眼差しを向けながら通り過ぎていった。

すべて飲み干したあと、ぷはーっと豪快に息を吐き出し伊吹さんは牛乳瓶から口を離した。口の周りには、コーヒー牛乳色のおひげができている。

「ど、どうでしたか？」

「たしかにこれはうまい。温泉にはこんな文化があったのだな。茜もやるか？」

空になったコーヒー牛乳の瓶を掲げ、伊吹さんが無邪気に勧めてくる。

「わ、私はゆっくり飲ませてもらいます……」

「そうか？」

フルーツ牛乳の瓶を両手できゅっと握りながら返すと、伊吹さんは不思議そうに首をかしげた。

「今日は、楽しかったですね」

電車に揺られながら、満ち足りた気持ちで息を吐く。瞬間移動で帰る案もあったが、ふたりでゆっくり電車に揺られて帰ろうとなった。帰りの行程だって旅行の一部だから、その時間を楽しみたい。

あのあと足湯も堪能し、夕方まで嵐山を観光した。観光名所を散歩したり、お土産物屋さんの通りを物色したり、甘味処で休憩したり。自分へのお土産に漬物、割引券をくれた千草へのお礼にタオルハンカチも買った。

「ああ。疲れていないか？」

伊吹さんが、私の髪を優しくなでながら気遣ってくれる。

「ちょっと足が痛いですけど、大丈夫です」

普段立ち仕事をしているのに足がパンパンなのは、長時間歩くことに慣れていないからだろう。こんなところで運動不足を痛感する。

「なら、寄り道をしてから帰ってもいいか？」

「はい、もちろん」

どこへ行くのかと思っていたら、伊吹さんは祇園の近くの駅で電車を下りた。あれ、こんな展開、前にもあったような。

デジャヴを感じながら伊吹さんについていくと、案の定、くりはらの前で足を止めた。

「この前から、安西と佐藤の様子を気にしていただろう」

「覚えていてくれたんですね」

「当たり前だ」

伊吹さんが憤慨したように胸を張る。

安西さんと佐藤さんが朱音堂を訪れてから、ふたりを案じる気持ちが消えなかった。

それを伊吹さんも感じ取ってくれていたんだ。

「お前はここで待っていろ。俺が姿を消して、店内の様子を見てきてやる」

「えっ」

私が返事する前に、伊吹さんの姿は見えなくなっていた。

こんな裏技みたいな方法もありだったのか。プライバシーの侵害という気もしないでもないが、もっと早く気づけばよかった。

通りの端っこで五分くらい待つと、伊吹さんが帰ってきた。

「ど、どうでしたか……？」

伊吹さんの表情が硬いので、なにかあったのかとドキドキしながらたずねる。

「普通だった。厨房にいる小倉も、売り場に出ている安西と佐藤も。おびえている様子はなかったな」

「よかった……」

安西さんと佐藤さんが小倉さんに脅されているという可能性は低そうだ。

「だが、小倉の気配が少し妙だった」

拳を口元にやり、伊吹さんが眉根を寄せた。

「妙、ですか？」

「なにか、別のものの思念というか、残滓《ざんし》が混ざっているような――」

伊吹さんの言葉に、心臓がドクンと音をたてる。

「別のものって、人間じゃないんですか？」

「ああ。だが、はっきりと感じたわけじゃない。俺の気にしすぎかもしれない」

「そうですか……」

でも私は、〝人間ではないもの〟にかけられた呪いを思い出していた。伊吹さんが感じた気配と関係があると考えるのは、見当違いだろうか……？

なんだか嫌な予感がする。背筋に生ぬるい風が絡みつくような、おそろしいものがゆっくりとやってくるような。

ぶるりと身震いをすると、伊吹さんが私の肩を抱いた。

「すまない。余計な心配をかけるべきではなかった」

「いいえ……」

否定したいのに恐怖が消えなくて、首を振るのも弱々しい動作になってしまう。

「早く帰ろう。日が暮れてから少し冷える」

「はい……」

この、なにか大事なことを忘れているような、心許ない気持ちはなんだろう。

家に帰り伊吹さんと共に布団に入るころには恐怖は薄れていたが、モヤモヤした嫌な予感の残り香は眠りにつくまで消えなかった。


忘れている〝大事なこと〟に気づいたのは、次の日曜日。伊吹さんと大路くんと三人で、閉店作業をしているときだった。

「なんだろう、この声……」

裏口のほうから獣の争うような声が聞こえてきたのだ。『キュウ』という甲高い声がまじっているから、一匹がやられているのかもしれない。

「嫌だな。野犬だったら怖いですね」

大路くんが顔をしかめる。この近くに手負いの獣がいたら、大路くんが帰るときにだって危険だ。

「そうだね……」

激しくなる鳴き声にびくびくしながら裏口のほうを眺めていると、伊吹さんが腰を上げた。

「なら、俺が様子を見てこよう」

「でも、危ないです！」

私はとっさに伊吹さんの袖口をつかむ。

「大丈夫だ。俺をだれだと思っている。野犬くらいどうとでもなる」

「そう……ですよね」

「行ってくる。野生動物だったら、山のほうに瞬間移動で運んでおく」

伊吹さんは私の頭をポンポンし、そう耳元でささやいた。

「はい、お願いします……」

つかんでいた袖を離し、裏口に向かう伊吹さんを見送ったけれど、この不安な気持ちはなぜだろう。

「伊吹店長、武器も持たずに大丈夫なんですか？　ああ見えてすごくケンカが強いとか？」

「そういうわけじゃないけれど、伊吹さんなら大丈夫よ」

レジを点検しながら不安をあらわにする大路くんをなだめる。

そう、伊吹さんは鬼神なのだから、野生動物にやられるわけがないのだ。なのに、どうしてさっきはとっさに危ないと引き止めたのだろう。

低いうなり声にときおりまじる、鳥のような声。こんな獣の声を、私は以前、どこかで聞いたことはなかったっけ。でも、いったいどこで？

「……痛っ」

ズキン、と頭が痛くなる。ショーケースに残った和菓子を抱えながら、その場に膝をついた。

「茜さん、大丈夫ですか⁉」

大路くんが駆け寄ってくる。

「大丈夫、ちょっと頭が痛いだけ……」

「でも、顔が真っ青です」

獣の声の記憶を思い出そうとすればするほど、痛みは強くなってくる。まるでこの記憶を閉じ込めただれかがいるみたいだ。

「でも……思い出さなきゃ……。きっと、大事なことなんだ……」

「茜さん？」

痛みに耐えながら獣の声の記憶をたどる。次第に思い出したのは、暗闇と黒煙に包まれた寂しい場所。

そうだ、この場所で、私はあの声を聞いた。でも、いつのことだっけ？　たしか、天神お茶会の前、呪いに気づく前日の夜。

私は夢の中で獣と邂逅《かいこう》した。しっぽの部分にヘビが生え、胴体が虎のように大きく、猿のような顔を怒りにゆがませた、おそろしい獣と――。

記憶が戻った瞬間、ぞわっと全身に鳥肌がたった。

「茜さん、どうしたんです⁉」

「い、伊吹さんが、危ない……！」

もう何分もたつのに、伊吹さんが帰ってこない。動物を山に返すだけならば一瞬ですむから、なにかがあった証拠だ。

私に呪いをかけたのは、あの獣に違いない。どういう仕組みかわからないけれど、夢の中で獣が直接呪いをかけた。

あの朝起きたときも、『動物の夢を見た』としか覚えていなかった。きっと夢の内容を忘れる呪いも一緒にかけられていたのだ。

おそらく、あの獣はすごく強い。伊吹さんが、手こずるほど。

ふらつく足取りで裏口に向かう私の腕を、大路くんがつかむ。

「ダメですよ、危ないです！　僕が様子を見てきますから、ここで待っててください！」

「あっ」

止める前に、大路くんは外に出ていってしまう。本当にあの獣が外にいるのだとしたら、大路くんだって危ないのに。

「な、なんとかしなきゃ」

そう焦るも、はっはっと息が上がり、冷や汗が止まらない。足もガクガクと震え、あの獣と再びまみえることを全身が拒否していた。

それも無理はない。夢の中で私は、あの獣に殺されそうになったのだから。

夢の中のリアルすぎる感覚を思い出した今、その恐怖は手の届くところにある。

「茜さん！」

呼吸を整えている間に、大路くんが戻ってくる。その表情は切羽詰まっていた。

「伊吹店長の姿が見えませんでした。そしてこんな写真が裏口に……」

「写真？」

大路くんが手渡してきたのは、ポラロイドカメラで撮ったような画質の荒い写真だった。そこに写っていたのは……。

「なんですかね？　怪我したレッサーパンダ……。いや、アライグマでしょうか」

「つぶあん……！」

獣の爪で切られたような痛々しい傷から血がにじみ、まぶたを閉じて気を失っているつぶあんだった。

「どうして、つぶあんが……!?」

この傷は、夢に出てきた獣にやられたの？『キュウ』という悲鳴は、つぶあんのものだった？

そして伊吹さんは、どこに行ってしまったんだろう。まさか、つぶあんと一緒に獣にやられて、連れ去られたなんてことは――。

「つぶあん？　もしかして、茜さんのペットだったりしますか？」

パニックになるが、大路くんののんきなコメントで現実に引き戻される。

「えっと、そんな感じ」

恐怖と不安で暴れ回っている心臓を押さえ、深呼吸して考える。

こういうときに相談できる相手が私にいたはず。弁天様は京都にいる確証がない。なら、天神様は？『天満宮に来たら、いつでも声をかけなさい』とお茶会のときに言ってくれた。

『北野天満宮《きたのてんまんぐう》』に行こう。天神様なら、伊吹さんとつぶあんの居場所も、きっと突き止めてくれる。

「大路くん、ごめん！　残りの閉店作業、任せてもいいかな？　私、行かなきゃいけないところがあって……！」

「わかりました。警察に相談するなら早いほうがいいですもんね」

「う、うん」

大路くんが都合よく誤解してくれて助かった。

私は仕事用の着物姿のまま、バス停まで走る。が、途中で空車のタクシーを見つけて、手を上げて止めた。

「北野天満宮までお願いします！」

バスは待ち時間があるから、タクシーで向かったほうが早い。今はお金に糸目をつけている場合ではない。

「なるべく急いでください……。お願いします」

祈るように手を合わせ、身体の震えを抑えながら告げる。タクシーの運転手さんはなにかを察してくれたのか、黙ってうなずいた。

タクシーの窓から流れる京都の町は、もうすでに夜の帳《とばり》を下ろしている。この夜闇にまぎれて、得体の知れない獣……おそらくあやかしが、私たちに手を伸ばしている。

あの獣はどうして、つぶあんと伊吹さんを襲ったのだろう。夢と呪いのことから考えると、狙いは私だったはず。

きっと、つぶあんは巻き込まれたんだ。私と仲よくしていたばっかりに、おとりにされてしまった。

伊吹さんがどこにいるかわからないけれど、簡単にやられるわけがない。きっとどこかで必死に戦って、つぶあんを守ってくれているはず。

袂《たもと》には、売れ残った和菓子を入れて持ってきた。伊吹さんのお薬になる和菓子。私では戦闘力にならないけれど、これを伊吹さんに渡して、つぶあんの傷の手当てをすることくらいならできる。

待ってて、ふたりとも。すぐに見つけ出すから——。

北野天満宮前につき、お金を払ってタクシーを降りる。

着物の裾をさばいて走っていると、人気《ひとけ》のない参道の真ん中に黒っぽい物体が置かれていることに気づいた。動物の亡骸のように見えるけど、あれは……。

「つぶあん!!」

転びそうになりながら駆け寄り、つぶあんの身体を抱きかかえる。出血は多く、意識は失っているけれど、呼吸はあった。

「よかった……生きてる……」

明らかに刃物ではない三本横に走った切り傷を見て、怖気《おぞけ》を覚える。あの獣がやったんだ。

なんにも罪のないつぶあんに、こんなことを……。どれだけ痛くて怖かっただろう。突然獣に襲いかかられたつぶあんの気持ちを考えると、悔しくて涙がにじむ。

でも、こんなところで泣いてる場合じゃない。しっかりしなきゃ。

あやかしに効果があるかわからないけれど、持ってきた包帯と消毒液でつぶあんの手当てをする。体温が下がっていたのでカイロを貼ったストールでくるみ、立ち上がった。

「早く天神様のところに行かないと」

どうか、私がここに来たことに気づいてくれますように。心の中で呼びかけながら、鳥居を目指した瞬間だった。

「茜さん」

背後から、聞き慣れた声がかかる。この甘くて穏やかな声は……。でも彼はさっきまでお店にいたはず。

どうしてここへ？と振り向こうとした瞬間、身体にびりっと電流が走る。

「……っ⁉」

そのまま私は参道の冷たい床に倒れ込んだ。

気を失う瞬間に目にしたのは、私を見つめる大路くんの、不気味なほど穏やかな笑顔だった。

「――茜さん、茜さん。起きてください」

遠くから私を呼ぶ声が聞こえる。ゆがんで引き伸ばされたような声。

頬に冷たい感触がして、どこかに寝かされているということがわかる。必死で目を開けようとするけれど、まぶたが重くて動かない。

「面倒くさいなあ……。早く起きろよ」

「うっ……！」

お腹にドスッと重たい一撃を浴びて、私は咳き込みながら目を覚ました。

「ああ、思ったより強く蹴っちゃいましたか……。すみません」

痛みの走るお腹を押さえながら、上体を起こす。横になっているほうが楽だけど、彼の前で頭を垂れていたくなかった。

「やっぱり、あなただったのね……。大路くん」

ふ、と嘲笑にゆがんだその顔は邪悪で、〝白王子〟と呼ばれていたなんて嘘みたいだ。

「気づくのが遅いですよ。あなたも、伊吹店長も」

夢で見た暗闇だけの空間に、大路くんは脚を組み、頬杖《ほおづえ》をついて座っていた。ただ、私の目に椅子は見えない。

「そうだ、つぶあん……！」

腕の中にいないから焦ったけれど、ストールにくるまれたまま近くに寝かされていたので安心した。私と一緒に大路くんに連れてこられたのだろう。これからなにをされるとしても、この子は守らなければ。

「ここは、どこ？」

つぶあんをぎゅっと抱いてかばいながら、大路くんをにらんだ。

「ここは彼岸《ひがん》と此岸《しがん》の狭間。存在するようで存在しない、どこにも属しない寂しい場所です」

説明されても、よくわからなかった。ただ、私たちが普段生きている世界とも、あの世とも違うのだということはかろうじて理解できた。

「伊吹さんはどこにいるの？　無事なの？」

「無事ですよ。少々足止めさせてもらっていますが……。彼にはこれから、おもしろいショーを演じてもらわなければいけませんからねぇ」

両腕を広げて芝居じみた声色で笑う大路くんは、不気味だった。この空間自体が、彼のショーなのではと思えてくる。

彼が敵だということは充分わかった。でもひとつ、腑に落ちないことがある。

「でも、どうして？　獣の鳴き声がしたとき、大路くんは店内で一緒にいたのに……」

「あれは、僕の〝影〟ですよ。精度の低い分身と言ったらいいでしょうか」

大路くんは、自分の足下を指しながら告げた。

「影……」

この暗闇では影なんてもちろん見えないけれど、店の中でも大路くんに影があるかどうかなんて気にしていなかった。

「それだけで僕を信用しちゃったんですか？　せっかく途中まで警戒していたのに。本当に愚かですねぇ、茜さんは」

大路くんは見えない玉座から下り、そばまで来て私の顔を見下ろす。

これは、挑発だ。悔しくて奥歯を噛みしめたいけれど、冷静でいなければ彼に足下をすくわれる。

「私が夢の中で見た、あの獣が……大路くんの正体なんだね」

「そうですよ。でも、まだ余裕がありそうですね。本当の姿を見せたらさすがに、あなたでもおびえますか？」

大路くんが指をパチンと鳴らすと黒煙が彼を取り巻き、次の瞬間にはあの獣が目の前に立っていた。怒り狂った猿のような顔、虎のような巨大な体躯《たいく》、ヘビの頭がついた尾……。

二度目といってもその異質な姿には息をのみ、反射的に後ずさる。荒い息や獣の発する熱まで伝わってきて、むしろ夢で見ていたときよりもおそろしく感じた。

「あなたは……だれなの？」

問いかける声が震える。その〝大路くんだったもの〟は、今までの甘いボイスとは違う、地を這《は》うような低音で答えた。

「我は〝ぬえ〟。あやかしとして生を受け、今は神として祀られているものだ」

ぬえ……歴史の授業で聞いたことがある。いくつもの動物が融合した、西洋でいうキメラのような存在で、トラツグミに似た鳴き声を出す、と。たしか、平安時代について習っていたときに聞いたんだ。時代的には、伊吹さんが鬼だったころと同じだ。

「神様……なの？」

鬼でも神様になれるから不思議はないけれど、ぬえの姿は神にしてはおそろしすぎた。

「そうだ。お前は知らないだろうが、我を祀った神社もまた、京にあるのだ」

知らなかった。首塚大明神と同じで、あまり人の訪れない……知る人ぞ知る神社なのだろうか。

「神になどなってしまったせいで、お前にも鬼神にも直接手を下せなかった。おかげで小倉を操ったり、呪いをかけたり、人間に化けて店の従業員として近づいたり、遠回しな手段を使うはめになった」

呪いについては『やっぱり』という感想しかないが、小倉さんを操ったという言葉には驚いた。

じゃあ、小倉さんが私から無理やり家と店を奪ったのは本意ではなかったの？

「全部……あなたのせいなの？」

天神お茶会でも花見お茶会でも私たちのジャマをし、争いの種を店に持ち込んで私と伊吹さんの仲を裂こうとした。

そして、私と祖父のかけがえのない店を奪った元凶は全部、ぬえ……。

「そうだ。お前が小倉に追い出され、店を失ったのも我の策略。最初から全部、お前たちは我の手の上で転がされていたんだ！」

グオオオオ、とぬえが吠《ほ》え、空気がびりびりと振動した。

「どうして……？　私はあなたに、そこまで恨まれるようなことをしたの？」

ぬえにここまでされる心当たりがなかった。ぬえの行動は明らかに怨恨だ。

私の言葉に、ぬえは目を血走らせた。

「お前？　違う、俺の狙いは最初からあの鬼神だ。お前は、鬼神を倒すためのおとりでしかない。お前を人質にとれば、あいつはあっさりと自分の命を差し出すだろうからな！」

「えっ……？」

私ではなく、伊吹さんが狙い？

ターゲットにされてきたのが自分だったから、思い違いをしていた。

つまり私は、ぬえの仕掛けた罠《わな》にかかって自ら人質になってしまったの？

「そん……な……。私のせいで、伊吹さんが……」

神様の命を奪う方法なんてあるのだろうか。ただ私には、伊吹さんは私と引き換えだったら命だって魂だって差し出すとわかってしまう。

それだけは絶対に止めなければならない。最悪、私が命を落とすとしても、伊吹さんには生きていてほしい。

「どうして……どうして伊吹さんをそんなに恨んでいるの？」

私にぬえを止める力なんてないけれど、今は会話で時間を稼ごう。もしかしたらぬえの言葉のどこかに突破口があるかもしれない。

「我はただ、この身体で生を受けた。それを〝おそろしいあやかし〟だと判断したのは人間だ。なにも力がなかった赤子の我を、姿形だけで迫害して人間たちは殺害した。何度も、何度もだ！」

ぬえの悲痛な叫びが、狭間の空間に響く。

「そのたびに我はよみがえり、力をつけてきた。そしてその力が強大になり、自分たちをおびやかすようになると、人間は今まで我にしてきたことを棚に上げて我を神にまつり上げたのだ！　そのせいで、我は人間に直接危害を加えることができなくなった！」

神様になると、人間を殺せなくなる。天神様――菅原道真《すがわらのみちざね》もそうだけど、力の大きな怨霊やあやかしを神様にしてきた歴史には、そういう理由があるんだ。

「あなたが大変だったのはわかった。それが人間のせいなのも……。だから人間である私を恨むならわかる。でも、伊吹さんはどう関係しているの？」

「酒呑童子も人間に討たれ、勝手に神格化された仲間だった。人間に恨みを持つ同じ存在だと思っていたのに……あいつは十年前から変わってしまった。人間への恨みを忘れてこびをうっている！　我はどうしてもそれが許せなかった！」

　ぬえは鋭い牙を見せつけながらうなる。

「そんなの、ただの逆恨みじゃない！　伊吹さんがあなたになにかをしたわけじゃない！」

　伊吹さんだって苦しみを抱えながら生きてきた。やっと穏やかに毎日を過ごせるようになったのに！

「お前にはわからぬのだ。我は千年以上孤独だった。ただ同士がいるというだけで耐えられた。その希望を打ち砕いたのもまた、鬼神なのだ！」

「く……っ」

　叫びが突風となって、私を襲ってくる。

「十年、あいつを討つために準備をしてきた。あいつを殺して、我を勝手にあやかしだ神だとまつり上げた人間どもに恐怖を与える。それだけが我の存在意義だ！」

反論したいのに、つぶあんを風からかばうので精いっぱいで声が出せない。

それに、闇に染まった心には、もう私の言葉なんて届かないだろう。

「……ああ、鬼神はもう動き出してしまったか。影では大して足止めできなかったな。しかしお前はまだ半分人間の状態だからここまでは気配を追えないはず。鬼神が力を使い尽くして疲れきったとき、我はお前を半殺しにした状態で、やつに見せつけるのだ！　花嫁の命は、お前と交換だとな！」

ぬえは歓喜し、着物が引き裂かれるすれすれのところまで爪を近づけてくる。

「やめて！　伊吹さんへの復讐《ふくしゅう》は、私を殺すだけでいいでしょう⁉」

「やつを絶望に落とすだけなら、それでもよかろう。でももう、それだけでは我はおさまらぬのだ。鬼神の存在を葬るまで我の安寧は訪れぬ」

「そんな……」

いざとなれば、この身を差し出してでも伊吹さんを守ろうと思った。でも、私という人質がなくなったとしても、ぬえは伊吹さんを倒すのをあきらめないだろう。

「お前は、どうすれば己が完全な神になれるのか、知っているか」

唐突にぬえの声色が落ち着き、語りかける口調になる。

「え――。知ってるわ」

こんな緊迫した状況でその話が出るなんて予想もしていなかったから、面食らう。

「しかし、完全な神になるというのはどういうことか、お前はまだわかっていないだろう。これを見ろ」

ぬえが前脚で地面を蹴ると、なにもなかった空間に水たまりが現れた。いや、これは鏡だ。のぞき込むと、弁天様と天神様、そして伊吹さんが映っている。

「伊吹さん！」

「無駄だ。いくら叫んでも届かぬ」

伊吹さんたちは北野天満宮で、私とつぶあんを探し回っているようだった。きっと、気配がそこで途切れていたのだろう。

でも、なんだかおかしい。伊吹さんたちの動きがスローモーション再生されたようにぎくしゃくしている。

「ここは此岸と時間の流れが違う。神と結婚し、完全な花嫁になるというのは、ここから此岸を眺めるのと同じだ。周りの友人とは一緒に歳をとれず、人間から見たら永遠と呼ぶくらいの時間を生きなければいけない」

「え……!?」

それは、私が不老不死になるという意味だ。だから伊吹さんは、私に手を出さなかったの？

「我はお前の、その顔が見たかった。自分をだましていた鬼神が憎いだろう。責める言葉だけなら鬼神に届けてやってもよい」

ぬえは目を細めただけだったが、その口調でせせら笑っているのがわかった。

怒りがわいてくる。伊吹さんが私に黙っていたことに対してではない。私と伊吹さんの絆《きずな》をみくびっている、ぬえに対しての怒りだ。それだけではない。

「……憎くなんて、ない。私が責めたいのは、伊吹さんがひとりで秘密を抱えていたのにも気づかなかった自分自身よ……！」

「なんだと!?」

ぬえが後ずさりし、暗闇に充満していた黒煙が少し晴れてくる。

「もし私が伊吹さんと結ばれなかったら、その永遠の時間を彼はひとりで生きなければいけない。千年以上も孤独だった彼を私はひとりになんかしない！　永遠の時間を生きるよりも、彼がひとりぼっちになるほうがずっと怖い！」

つぶあんを抱いたまま、ぶるっと身震いする。

自分の命を犠牲にして伊吹さんを助けるなんて考えが間違いだった。私は自分の命も、伊吹さんの命もあきらめない。ふたりで生きていくために！

「伊吹さんは、ひとりぼっちになった私を救ってくれた人だから……。私は永久《とわ》に、伊吹さんと一緒に生きていく！」

私が叫び終わったのと同時に、鏡にピシッとヒビが入る。

「結界を、解いただと……!?」

驚愕《きょうがく》した様子で、ぬえが全身の毛を逆立てる。

「伊吹さん！」

鏡の上にひざまずくと、伊吹さんと目が合った気がした。その刹那、伊吹さんが剣を抜き、鏡に向かってひと振りするのが見えた。

「ぐわあああああ！」

ぬえが突然、転げ回って苦しみ出した。その額には、傷が一本走っている。

「伊吹さんが助けてくれたの……？」

ガラス瓶が割れるように、空間が壊れていく。四方八方にヒビが入り、私たちの周りを覆い尽くした瞬間、ひときわ大きな音をたて、狭間の世界が消し飛んだ。

「きゃっ！」

私はつぶあんと一緒に、外界に弾き出される。

衝撃を覚悟したとき、私は温かな腕に抱きとめられていた。

「茜……！」

私の頬に手のひらを当てて、泣きそうな顔をしているのは伊吹さん。私は初めて伊吹さんに、こんな顔をさせてしまった。

「伊吹さん……！　会いたかった……」

もう心配ない、彼のそばから離れない、と思った瞬間、涙がボロボロあふれてきた。今になって、足も腰も震え出す。

「ああ……俺もだ。どれだけ心配したか……」

そんな私の身体をさすりながら、伊吹さんは優しく抱きしめてくれる。

「無事で……よかったです」

「それは俺のセリフだ」

ここは鏡から見たのと同じ、北野天満宮の境内だった。つぶあんごと抱きしめ合う私たちの耳に、ぬえのうめき声が聞こえてくる。

首を動かすと、少し離れた場所で血を流したぬえが倒れていた。まだ息がある。

「茜。少し待ってくれ。俺はあいつと決着をつけてくる」

伊吹さんは真剣な顔をして、私の身体を離した。

剣をたずさえ、ぬえに向かって歩を進める伊吹さんの腕を、天神様がつかんだ。

「鬼神、それはいけない！」

「天神、離せ！」

伊吹さんは天神様を振り切ろうとするが、天神様も必死に手に力を込めている。

「それをしてしまったら、君は神殺しの大罪を背負うことになる！」

「しかし！」

ふたりがもめている間にぬえはよろよろと立ち上がり、前脚で地面を蹴る。

「あっ！」

そのまま夜空に飛び立ち、闇にまぎれて見えなくなってしまった。

「くそっ……！　追わなければ！」

「その必要はないよ、鬼神」

天神様は伊吹さんの肩をつかみ、いさめる。

「ぬえには、もう悪事を働くほどの力は残っていない。なにせこの剣は、草薙剣《くさなぎのつるぎ》なのだからね。ぬえがまた力をつけるには、何千年もの時が必要だろう」

「やつがその何千年の間に、改心すると？」

「それはわからぬ。でも、賭けてみてもいいのではないか？　なにしろ私たちには、腐るほど時間があるのだから」

納得したのか定かではないけれど、伊吹さんは鈍色の剣を鞘《さや》におさめ、それを天神様に渡した。

「伊吹さんたちは、大路くんがぬえだと知っていたのですか？」

天神様は、初めて見たはずのあやかしを〝ぬえ〟と呼んでいた。

「いや。だが、お前の声は聞こえていた。この、八咫鏡《やたのかがみ》を通して」

伊吹さんが懐から取り出したのは、丸くて重たそうな銅鏡だった。歴史の資料集で見たことがある。草薙剣、八咫鏡という名前も、どこかで聞いたような……？

「すごい、そんなことができるんですね」

よくわからないけれど、狭間の声を聞けるなんて、すごく貴重なものなのだろう。

「無事でよかった、栗まんじゅうちゃん」

弁天様が、涙目で抱きついてくる。

「ありがとうございます……。すみません、私のために……」

私をぎゅっとしながら洟をすするものだから、引っ込んだ涙がまた出てきてしまった。

「怖かったろうに、よくがんばったね」

天神様も温かい笑みを浮かべて私をねぎらってくれる。

「天神様、ありがとうございます……。天満宮まで助けを求めに来てしまってすみません」

「いや、頼ってくれてうれしかったよ。私が気配に気づいたときにはもう茜さんはさらわれてしまっていて……。すまなかったね、もう少し早ければ怖い目にあわずにすんだのに」

「天神様……」

心配そうに私を見つめる瞳が、私が熱を出したときのおじいちゃんに似ていて、なんだか胸の奥がきゅうっとなった。

「それに茜さんはすでに神界の一員のようなものだからのう。我々が協力して助けるのは当然というもの」

「そうそう。三種の神器を借りるくらい、どうってことないわよね」

弁天様が、軽い口調で重大な単語を漏らす。

「さ、三種の神器!?」

そうだった、三種の神器。草薙剣、八咫鏡に八尺瓊勾玉《やさかにのまがたま》を加えて、三つ。

たしか、国宝だよね？　皇位継承と同時に継承されて、皇居や伊勢神宮に納められているっていう……。

「あの、三種の神器を借りたって、だれに……？」

神様だから平気でさわっているけれど、一般市民では本来お目にかかれないものだ。

それを貸してくれる人って、いったい……。

「そんなの、天照大御神《あまてらすおおみかみ》に決まってるじゃない」

「あ、天照……!?」

まさかの、日本の最高神？　私ひとりの危機のために、三種の神器と天照大御神を動かしてしまったの？

あまりの事態に頭がクラクラしてきた。

「栗まんじゅうちゃんがさらわれたって聞いて、私と天神様とで借りに行ったんだからね。伊吹はこれで、ちょっとは私への態度を改めなさいよね」

「感謝している。俺ひとりでは茜を助け出せなかった」

伊吹さんは素直に深々と頭を下げ、弁天様が「あら」と驚いた顔をした。

「弁天様、天神様、本当にありがとうございます」

私も伊吹さんの横で頭を下げる。命を助けてもらったのだから、どれだけお礼を言っても足りない。

「しかし――」と、天神様は口元に微笑みを浮かべて、ちらりと私を見る。

「ぬえの張っていた結界にほころびができてよかった。あれがなければ、鬼神が剣で攻撃することもできなかったからのう。それにしても、どうしてヒビが入ったんじゃろうのう？」

あのとき、私が叫び終わったと同時に鏡にヒビが入った。

「もしかしたら、愛の力かもしれないのう」

扇子で口元を隠して、ほっほっほと笑う。本当に天神様は、どこまでお見通しなんだろう。

「助けてもらっておいてなんだが、やはり天神は油断ならない」

すねたような目つきで天神様を見つめながら、伊吹さんがぽつりとつぶやいた。

つぶあんは天神様が回復させてくれ、体力が回復するまで天満宮で預かってくれることになった。私と伊吹さんは三種の神器の返還などを弁天様たちに任せて、家に帰ってきている。『早く栗まんじゅうちゃんを休ませてあげなさい』と弁天様が言ってくれたのだ。

「すみません、着物、汚しちゃって……」

着物を脱ぎ、お風呂に入ってパジャマ姿になった私は、寝室の布団に寝かされていた。もちろん、伊吹さんの腕枕&添い寝つきだ。

私がさっきまで着ていた着物は、泥やつぶあんの血がついて悲惨な見た目になっている。

「かまわない。すぐ元通りにできるし、そろそろ夏用もそろえようと思っていたところだ」

「そっか、もう、初夏なんですね……」

ここのところいろいろな事件がありすぎて季節を忘れてしまっていたが、暦はもうすぐ六月になる。秋、冬、春、夏と、伊吹さんと出会ってから、ちょうど季節が一周したかたちだ。

「俺はお前に、謝罪しなければならない」

帰宅してからずっと晴れない表情をしていた伊吹さんが、重たい口調で口を開いた。

「俺の怨恨に、無関係なお前を巻き込むかたちになったんだ。俺と結婚していなければ、お前が狙われることはなかった」

伊吹さんはうつむき、私から目を逸らす。私を助け出してからずっと、自責の念にさいなまれていたんだろう。私があの狭間の世界で、『自分がつかまらなければ』と自分を責めていたのと同じように。

でもそれは、いらない後悔だ。

「もう！　言うと思った！」

私が伊吹さんの頬を両手で挟み無理やり目を合わせると、伊吹さんは鳩《はと》が豆鉄砲をくらったような顔をしていた。

「そんなの、夫婦なんだから一緒に巻き込まれるのは当たり前です。むしろ、そういうところで気を遣わないで、ちゃんと巻き込んでください。伊吹さんの人生に、私を」

ぱちくりと目を見開いていた伊吹さんが、急に背中を丸めて笑い始める。

「ふ……くくく」

「い、伊吹さん？」

伊吹さんの腕から頭を上げ上体を起こそうとすると、そのまま手首をつかまれて覆い被さられる。

「かなわないな、お前には」

手首を布団に縫い止められた状態のまま、何度もキスを落とされる。頭に、頬に、唇に、鎖骨に……。

伊吹さんのキスは、私の存在を確かめているみたいだった。

私も目を閉じて、伊吹さんの体温と重み、唇の感触を味わう。今こんな甘い時間を過ごせているのも、私たちがどちらも生きているからだ。

両親や祖父が亡くなったときですら、生《せい》にこれほど感謝したことはない。

「お前の声を、八咫鏡で聞いていたと話したな」

キスの雨がやんでから、伊吹さんは私を抱きしめ耳元でつぶやいた。

「はい」

「お前の愛の言葉も、しっかりと聞いた」

「あっ……」

伊吹さんをひとりぼっちにはしない、ずっと一緒に生きていくと、ぬえに豪語したんだった。

「感動した。お前にはかなわないと、あのときも思ったんだ」

「伊吹さん……」

「俺もお前と永久に生きていきたい。だからその前に、説明しなければいけないことがある」

「……はい」

私が伊吹さんから聞いていない話はひとつだけだ。

「お前は知っていたんだな。俺たちがまだ〝本当の夫婦〟ではないと」

「はい。つぶあんが気づいて……。まだ半分しか神になっていないって教えてくれたんです」

「そうか、小豆洗いが……。妙なところで鋭いものだな」

伊吹さんが神妙な表情をして目を閉じたあと、私の両手を右手と左手でそれぞれつかむ。

「俺たちが本当の夫婦になるには、ふたつの条件が必要だったんだ。婚姻の契約で半分。身体をひとつにすることで、もう半分だ」

そう説明しながら、私の手のひらを合わせる。

「だから……半分だけ神、だったんですね」

つぶやくと、伊吹さんは苦しげな顔になって手に力を込めた。

「大事なことを黙っていてすまない。隠していたわけではないんだが……。結婚が無理やりになってしまったからな。契りくらいは、きちんとけじめがついてからしたかったんだ」

契り。伊吹さんの口から聞くと、なんだか神聖なもののように思える。

「いえ、うれしいです。そんなふうに大切に考えてくれて……」

「大切に決まっているだろう。お前の身体も、人生も変わるんだ。それに……お前との初めては、一生に一度きりだ」

熱っぽい眼差しで見つめられて、顔が熱くなる。胸の奥が期待と緊張でドキドキしているのを感じた。

「けじめって、祖父の店ですか？」

以前から伊吹さんは、くりはらを取り戻すことをひとつのけじめとして扱っていた。

てっきりそうだと思ったのに、伊吹さんは首を横に振る。

「それも含まれているが、もうひとつある」

「もうひとつって……？」

「それは準備ができたら教えるから、もう少し待っていてくれ。時間はかからない」

ここに来てまた隠し事をされるのかと悲しい気持ちになっていたら、伊吹さんが焦ってあわあわと説明を追加した。

「これはその、隠し事ではないから心配しなくていい。人間の間では、〝さぷらいず〟というのだったか……。ああいや、今の言葉は忘れてくれ」

「さぷらいず？」

きょとんと聞き返すと、伊吹さんの頬がほんのり赤くなっていた。

「くそ、しゃべりすぎた。今日はもう休め」

伊吹さんの手のひらがまぶたを覆い、無理やり目を閉じさせられる。

そういえば、ぬえが倒されたことで小倉さんはどうなったのだろう。小倉を操っていた、とぬえは言っていた。洗脳がとけて、元の小倉さんに戻ったのだろうか。明日は定休日だし、くりはらの様子を見に行って——。

考えを巡らせている途中でぷつりと意識が途切れた。


私もつぶあんと一緒に天神様に回復させてもらったけど、精神的な疲れはたまったままだったらしい。目覚めたときには朝になっていた。

「伊吹……さん？」

もうすでに、隣に伊吹さんの姿はない。

時計に目をやると、普段起きる時間よりもだいぶ遅い、午前九時だった。

「茜？　起きたのか」

襖を開けて、茶の間から伊吹さんが顔を出す。

「よかった……」

伊吹さんの顔を見た瞬間、ホッとして力が抜けた。昨日の今日だから、少し姿が見えないと不安になってしまうようだ。

「すまないな。起きるまで隣にいればよかった」

「い、いえ。いいんです」

申し訳ない表情で伊吹さんに手を握られ、恥ずかしくなってくる。これじゃ、夜泣きした子どもが寂しくてお母さんを呼ぶのと一緒だ。

「あの、朝ごはん食べませんか？　昨日夕飯を食べそこねたから、お腹すいちゃって」

赤くなった顔をごまかすように、すっくと立ち上がる。

「ああ、頼む」

部屋着に着替えて、朝食の準備に取りかかる。

ご飯は冷凍したものがあるから、それに塩昆布と梅干しをのせてお茶漬けにして……。塩鮭《しおざけ》もあったから、皮がカリカリになるまで焼こう。魚の皮はあまり得意ではないのだけど、こうすれば食べられる。

あとは、伊吹さんへのお礼を込めて、甘くて黄色い卵焼き。

「おまちどおさまでした」

お茶漬けと焼き鮭、卵焼きの朝ごはん。

なんの変哲もないメニューだけど、こんなふうに伊吹さんと食卓を囲んでいると、いつもの日常が帰ってきたんだなと実感する。

「相変わらず美味だ。茜の卵焼きは」

「ありがとうございます」

ふたりで朝食に舌鼓を打っていると、裏口のチャイムがピンポンピンポンと激しく響いた。

「だれだ、こんな朝早くに」

伊吹さんが箸を置き、文句を言いながら腰を上げる。

とはいえ、もう九時半になる。私が寝坊しただけで、いつもなら開店準備をしている時間だ。

「あ、私も一緒に出ます」

裏口扉を開けると、見知った顔が三つ並んでいた。しかも、なぜかスーツ姿だ。

「小倉さん、安西さん、佐藤さん……」

「なんだ、そろいもそろって。なにしに来た」

伊吹さんが塩をまきそうなくらい嫌な顔をしている。

安西さんと佐藤さんがおそるおそる、頭ひとつぶん背の高い小倉さんを見上げる。

そして……。

「お嬢さん……そしてお嬢さんの旦那さんも、すみませんでした！」

小倉さんが頭を地面にこすりつけそうな勢いで土下座をし、私と伊吹さんは面食らってしまった。安西さんと佐藤さんも神妙に頭を下げている。もしかして、謝罪のためのスーツ姿だったの？と勘づく。

「そうか……。ぬえの洗脳がとけたのか」

伊吹さんが、私にだけ聞こえるようにつぶやく。

「実はここ半年の記憶があいまいで、自分でもなにがなんだか……。しかし、安西と佐藤に詳しく話を聞いて驚愕しました。俺はなんてことを……！」

涙をにじませて慟哭《どうこく》する小倉さんは、ぬえに操られているときとは別人だった。

ああ、この人はおじいちゃんがいたころの小倉さんだ。私がお兄さんのように慕っていた……。

「立ってください。私たちも大体の事情は察していますから」

小倉さんのこんな姿は見たくなかった。

「そうだ。ここでする話でもないだろう、お前たち全員、中に入れ」

茶の間に上がってもらい、お茶を出す。あまり広くない和室だから、大人が五人集まるとぎゅうぎゅうになる。

「本当になにも覚えていないんですか？」

恐縮しきってずっとハンカチで汗を拭いている小倉さんに、たずねる。

「いえ、師匠の初七日までは、はっきりと記憶があります。そして遺書を書いてもろうたことも」

「えっ。あの遺書は本物だったのですか？」

てっきり、ぬえが術かなにかで偽装したものだと思っていた。

「はい。ただ、お嬢さんが思うたはるような遺言ではありません」

小倉さんは姿勢を正し、祖父が遺書を書いた経緯を説明してくれた。

そこで私は何度も驚くことになるのだが、最初のびっくりは、小倉さんが私を好きだったということ。小倉さんが淡々とあっさり話すものだから、一瞬理解が追いつかなかったくらいだ。

「お嬢さんが高校生にならはったころくらいから、でしょうか。境目ははっきり覚えていないのですが……。ずっと一緒にいるうちに、守りたいような気持ちになってたんやと思います」

私はまったく気づかなかったのだが、祖父はピンときたらしい。私が高校を卒業し、お店を本格的に手伝うようになってからバレて、問い詰められたのだという。

小倉さんは私への気持ちを祖父に打ち明け、『お嬢さんにこんな気持ちを抱いてすみません』と謝ったそうなのだが、祖父は応援すると小倉さんの肩を叩いたらしい。

「だから、おじいちゃんは亡くなる前にあんなこと言ったんだ……」

弟子の中でだれか気になる人はいないのかと私に聞いたのも、小倉さんを応援する気持ちからだったのだろう。

しかし、小倉さんがいつまでも告白をしないので、祖父はじれて遺書を書いた。

【もし自分が早く先立ったら、小倉が店長になり茜が成人するまで店を守ってほしい】

あの遺書は、そういった気持ちで書かれたものだった。

「おじいちゃん……。そうだったんだ……」

遺書の真実が知れて、私はやっと心から祖父の死を乗り越えられた気がする。

「師匠の孫を思う気持ちを利用したのは俺です。本当にすみません。実は師匠が亡くなる少し前に、実家の和菓子店がつぶれて……」

「ええっ」

これがふたつ目のびっくりだった。滋賀《しが》県の実家の和菓子屋を継ぐために、うちで修行していた小倉さん。それなのに実家の店がつぶれ、どうしたらいいか悩んでいたらしい。

そんな中、師匠であった祖父も亡くなり途方にくれていたところ、初七日に変化が起こった。

「まるで悪魔にささやかれたかのように、遺書を悪用しようと思いついたんです。もともと言葉足らずの遺書だったので、うまく利用すれば店もお嬢さんも手に入る、と……」

悪魔ではなくぬえの洗脳だったのだけれど、間違ってはいない。

「えっ、でも小倉さんは私を店から追い出しましたよね……？」

私も手に入る、というのはどういう意味だろう。

「実は、お嬢さんに出す予定だった条件が、俺との結婚でした」

「ええぇっ」

今まで通り家に住み、くりはらにも置いておくための条件。それを聞く前に、伊吹さんが割り込んできたんだった。

「じゃあ、あのとき伊吹さんが来てくれなかったら、私は小倉さんと結婚していたかもしれないの……？」

「そうですね。断れないよう仕向ける予定やったんです」

「……間一髪だな」

さすがに伊吹さんもひやっとした表情をしている。

安西さんと佐藤さんは、私が追放されるとは知らずに小倉さんが店長になることを了承したらしい。真実を知ってからは、くりはらを守りつつ私の動向も見守っていこうと、従業員を続けていたのだとか。

「小倉さんが正気じゃないのは、なんとなくわかったので。師匠の店を守らなければという一心でした」

安西さんがそう話し、佐藤さんもうなずく。

「ふたりとも、ありがとうございます……」

ふたりが朱音堂に様子を見に来たのも、純粋に私を心配してのことだったんだ。

小倉さんから事情を聞け、元の誠実な人柄に戻ってくれたので、私が彼を恨む気持ちはなくなっていた。でも、ここまで話しても小倉さんの表情は晴れない。

「正気じゃなかったなんて言い訳になりません。自分の中に邪な気持ちが少しでもあったから、悪魔に魅入られたのかもしれない。くりはらはお嬢さんに返します。俺はせめてものつぐないに、滋賀に戻っていちから出直します」

「でも、実家のお店はもう……」

安西さんと佐藤さんが声をかけるけれど、小倉さんは黙って首を横に振った。

そういえば小倉さんには、こんな不器用なところがあったっけ。潔癖で、だからこそ自分が許せないのだろう。

しかし小倉さんを洗脳していたのはぬえで、その責任は私たちにある。小倉さんをこのまま滋賀に帰したら、きっと一生後悔する。くりはらも小倉さんも守るには、どうしたらいいんだろう……。

「あ……」

そのとき、おじいちゃんが天国からささやいてくれた気がした。今まで思いつきもしなかった、みんなが幸せになれる方法を。

「……伊吹さん。私、ずっと祖父の店を取り戻したかった。でも、朱音堂もふたりのお店だから、つぶしたくないんです。その両方を叶える方法を思いついたんですが、話してもいいですか？」

「ああ。俺もお前と同じことを考えていた」

伊吹さんも微笑み、うなずく。きっと私たちの心はひとつ。

「あの……ご提案なのですが」と前置きし、私はその方法を小倉さんたちに説明し始める。

「小倉さんはくりはらに残って店長をしてくれませんか？　安西さんと佐藤さんも、そのままで」

「えっ、しかし……」

全員が『それでは今までと同じでは？』と困惑した顔をしている。ここまでは予想通りだ。

「私と伊吹さんふたりでは、二店舗の同時経営はできません。私たちがくりはらの経営者になるので、小倉さんがそのまま店長をしてくれたら助かるんです」

小倉さんたちがハッとし、その表情には喜びがあふれる。

「そういうことですか！　それでしたら、ぜひ！　本当に、本当にありがとうございます……！」

「兄弟子を救ってくださって、ありがとうございます！」

小倉さんは涙を流しながら頭を下げ、安西さんと佐藤さんも笑顔で頭を下げた。

「朱音堂とくりはらを姉妹店にして、くりはらに鬼まんじゅうを置いたり、朱音堂に祖父のレシピの練り切りを置いたりしたらどうでしょう。きっと楽しいですよ。あっ、くりはらでも、抹茶チーズケーキのイートインを始めるのもいいかも」

未来が決まったら、どんどん新しいアイディアがわいてくる。朱音堂があって、伊吹さんがいてくれるから、恐れず新しいことに挑戦していける。

「茜。お前には本当に、かなわない」

伊吹さんは三人の目を盗んで、私の手をぎゅっと握った。

「伊吹さんのおかげです」

私もその手を握り返し、微笑み合う。

朱音堂とくりはらに姉妹店の看板がかかり、京都中で話題になるのは、そのすぐあとのこと――。

六月に入り、朱音堂には梅雨や初夏モチーフの和菓子が並ぶようになった。半年分の心身の穢《けが》れを祓《はら》う『夏越《なごし》の禊《みそぎ》』で食される〝水無月《みなづき》〟や、青や紫のゼリーをちりばめた〝紫陽花《あじさい》〟、葛を使った涼しげな〝夏牡丹《なつぼたん》〟など。

くりはらとは、一部同じメニューを置くようになったが、基本はそれぞれの持ち味を生かしたラインナップにしている。くりはらのほうは、祖父の代から変わらない定番の味のものを、そして朱音堂では伊吹さんの技術力を生かした繊細な見た目の生菓子を中心に、といった感じだ。

二店舗経営といっても、やることが急に増えたわけではないので、今までと変わらない毎日を送っている。

私の着物は、夏素材のものを新調してもらった。淡い水色地に紫陽花の柄がさわやかな一枚で、『六月にしか着られないから別の柄に』と断ったのだけど、伊吹さんが『どうしてもこの柄がいい。七月にはまた別の柄で作ればいいだろう』と譲らなかったのだ。

でもたしかに、雨の日に入店したお客様が紫陽花柄の着物を見て『あっ』と晴れやかな表情になるのは、いい。雨が続くと気持ちも塞ぎがちになるから、梅雨ならではのキレイな景色を思い出してもらえるとうれしい。

伊吹さんは、そこまで考えて紫陽花柄の着物を作ったのだろうか。真意はわからないけれど、伊吹さんの言う通りにしてよかったな、と思える出来事だった。

そして、昨晩からの雨が上がり、久しぶりに太陽が顔を見せた定休日。今日は朝から伊吹さんがなにやらバタバタと動いているな、と思ったら、お昼を過ぎたあたりで「今すぐ、連れていきたい場所がある」と伝えられた。

「えっ、どこですか？　あっ、部屋着から着替えないと」

ずいぶん急だな、とあわてつつ支度をしようとすると、伊吹さんに腕をつかまれた。なんだか表情が少し緊張している気がする。

「瞬間移動するから、そのままでよい。着替えも……ちゃんと用意してある」

「どういうことですか？」

私の質問には答えないまま伊吹さんはお姫様抱っこで私と靴を抱え、「行くぞ」と瞬間移動をした。

ふわっとする感覚が終わり目を開けると、信じられない光景が広がっていた。

「えっ、ここって、首塚大明神……？」

山の中にある陽の差さない寂しい場所だったそこが、満開の桜で包まれていた。

「ど、どうして……？」

それだけではない。様々な和楽器を持った雅楽隊が並び、階段を上ったところにある本殿から鳥居までバージンロードのような赤いじゅうたんが敷かれている。

そして、天神様や弁天様、つぶあんや十和くんも勢ぞろいしていたのだ。

「伊吹さん、これって……」

伊吹さんに抱えられたまま何度も瞬きする私のそばに、みんなが近寄ってくる。

「茜のためにちゃんとした結婚式を挙げたくて、ほかの神に相談して準備をしていたんだ」

「あ……」

ぬえを倒した夜に言っていた『さぷらいず』って、結婚式のことだったんだ。

「今まで花嫁らしいことをなにもしてやれなかったからな。店を取り戻した際には、お前が喜ぶことをしたかったんだ」

「伊吹さん……」

感激で言葉が出ない。ただあったかい涙だけが次から次へとあふれてくる。

「桜は天神が、雅楽隊は弁財天が用意してくれた。この場所でやると話したら、こんなおどろおどろしい場所じゃかわいそうだと言われてな……」

弁天様と天神様は、そろっていたずらっぽい微笑みを浮かべていた。これが結婚式の場でなかったら『サプライズ成功〜！』とクラッカーでも鳴らしそうだ。

「そうよ。せめて天満宮にしたらどう？って提案したんだけど、伊吹がどうしてもこの場所がいいって……。ふたりが出会った場所だから、だそうよ」

「そう言われてしまったら、ここを日本一の神社に飾り付けたくなるというものだ。のう、弁財天」

弁天様は巫女《みこ》服で、天神様は神主のような衣装を着ている。

「弁天様、天神様……。ありがとうございます。十和くんとつぶあんも、来てくれてありがとう」

すっかり元気になったつぶあんは、ひくひくと鼻を動かす。

「くりまんじゅう、およめさんになる。たのしみ」

「早く茜おねえちゃんの花嫁姿を見せてよ！　ぼく、それを楽しみに来たんだから」

十和くんにぴょんぴょんと跳ねながら催促され、私は首をかしげる。

「あの、花嫁姿って……？」

「花嫁に衣装はつきものだろう」

やっと伊吹さんに下ろされ靴を履かされると、弁天様に手を引かれた。

「さあさあ、新郎新婦は着替えないと！　伊吹は天神様に、栗まんじゅうちゃんは私についてきて！」

神社の一角にしつらえられた簡易テントの中に入ると、真っ白な衣装が目に飛び込んできた。

「これって……白無垢《しろむく》？」

「伊吹が用意したみたいよ。着付けと髪のセット、お化粧も私がやるから心配しないで」

弁天様に頬紅や口紅を塗られ、髪をまとめられると、鏡に映る私がどんどん〝花嫁〟の顔になっていく。

「栗まんじゅうちゃん、とってもキレイ。ほっぺがピンク色で、頬紅もいらないくらい」

弁天様にウインクされ、私の頬はますます紅潮する。

テレビや雑誌で見る花嫁さんが、みんな幸せそうな顔をしている理由がわかった。

魔法少女みたいに、一瞬で花嫁に変身するわけじゃない。時間をかけて準備しているうちに、幸せな気持ちや旦那様への愛、周りへの感謝の気持ちがどんどん大きくなって、そうして花嫁衣装に袖を通すころ、〝幸せな花嫁〟に変身するんだ。

和装用の下着をまとい神聖な気持ちになったあと、掛下《かけした》と呼ばれる専用の振り袖に着替える。いろいろな小物を装備して、これだけでも素敵なんだけど……。

「さあ、仕上げよ」

弁天様が、裏地が赤い白無垢——白い打ち掛けを、私に羽織らせた。

純白の生地で、同じく白の糸で全体に豪華な刺繍が入っていて、小物と裏地に合わせ赤い糸で梅の刺繍《ししゅう》もところどころに散っている。きっと、ふたりの思い出の梅の練り切りをイメージしたのだろう。

　そして最後に、頭から綿帽子をかぶる。

「素敵よ、栗まんじゅうちゃん。本当にかわいい花嫁さん」

　弁天様にうながされ姿見の前に立つと、鏡の中には自分とは思えないくらいの素敵な花嫁さんが映っていた。

「これが、私……？」

　まじまじと自分の顔を見つめる。もちろん弁天様のお化粧がうまいからなんだけど、なんだか、それだけじゃないような。

「白の色味も、刺繍も、ワンポイントの赤もぴったり。さすが、伊吹がいろいろと注文をつけただけのことはあるわ。栗まんじゅうちゃんがいちばんキレイに見えるデザインを選んだのね」

　そうか、この白無垢は伊吹さんの愛の結晶なんだ。どれだけ私を見て、どれだけ想ってくれているかが、全部詰まっている。

「さあ、新郎とのご対面よ」

　外に出ると、黒い紋付き袴《はかま》姿の伊吹さんが待っていた。その姿を見ると、『ああ、この人が私の旦那様なんだ』と実感する。

私の、優しくて甘い鬼神様。

「伊吹さん……」

「茜……。キレイだ」

まぶしそうに目を細め、愛しそうな眼差しで私を見つめる旦那様。私を尊いものとして扱ってくれるのがうれしくて涙が出そうになるが、お化粧が崩れてしまうのでがんばって引っ込める。

伊吹さんの手を取り、階段下の鳥居に並ぶと、雅楽隊の演奏が始まった。斎主の役割は天神様が、巫女の役割は弁天様が務めてくださるので、ふたりに先導されて私と伊吹さんは本殿まで進む。

祭壇もしっかりセットしてあり、私たちは天神様に祓詞《はらえことば》、清めのお祓い、祝詞奏《のりとそう》上《じょう》を受けた。

次は、三三九度の杯だ。これだけは聞いたことがあったけれど、禁酒をしている伊吹さんが御神酒《おみき》を口にしていて感動した。

そのあとが、誓詞《せいし》奏上だ。新郎新婦が誓いの言葉を読み上げるのだが、文面は着替えのときに弁天様から教えてもらった。

そして、玉串奉奠《たまぐしほうてん》に続いて、指輪交換なのだけど……。

「茜、手を出せ」

「は、はい」

伊吹さんが左手の薬指にはめてくれたのは、シンプルなプラチナのリング。

「これ……」

「結婚指輪も必要だと聞いていたのでな。用意しておいた」

「私にも、はめさせてください」

伊吹さんのぶんのリングを、ほっそりした美しい指にはめる。ドキドキして、手が震えてしまった。

「では次は、誓いの口づけを」

天神様が高らかに宣言する。

「え？」

事前にチェックした式進行表では、斎主挨拶のはずだったのだけど……。

天神様を振り返ると、バチンバチンとウインクをしてくる。まさか、サプライズでこの演出を？

「茜、こっちを向け」

「あっ」

名前を呼ばれ姿勢を正すと、すぐ肩に伊吹さんの手が置かれた。

「愛してる」

れている。

そのまま長い、キス。

わっ、と十和くんたちのほうから歓声があがった。天神様と弁天様も拍手をしてく
照れくさい気持ちで伊吹さんと顔を見合わせる。そのとき私は、伊吹さんの変化に
気づいた。伊吹さんに〝あるはずのもの〟がなくなっていたのだ。

「伊吹さん、首の傷跡が……！」

私が目をみはると、伊吹さんも自分の首に指を這わせる。

「消えている……。どういうことだ？」

ぐるっと一周、まるで鎖のように首に残っていた傷が、一瞬の間に姿形もなくなっていた。

私たちが困惑していると、天神様が「私から説明しよう」と進み出てくれた。

「鬼神の首の傷は、本来神になった時点で消えるものだったのだ。しかしお主がトラウマにとらわれていたせいで、そのまま残ってしまった」

「……そうだったのか」

言われてみれば、首から上に御利益のある神様になったのに、自分の首の傷は治せないなんておかしな話だ。伊吹さんのトラウマが見える形で残った。そして満月の夜に首が痛むのも、罪悪感によるものだった。

「だが、茜さんと結婚し、本当の幸せを得たことで傷跡も消えたのだろう」

伊吹さんはまだ信じられないようで、しきりに首筋をさわっている。

「もう、満月のたびに苦しまなくてもいいんですね」

過去を受け入れると宣言した伊吹さんの、まっさらなスタートみたいだ。千年以上生きてきて、やっとここで区切りがついた。

「ああ、まだ実感がわかないが……。お前のおかげだ」

そっと手を伸ばして、伊吹さんの首に触れてみる。伊吹さんは一瞬ビクッと身体をこわばらせたが、「さわってくれ」と私の手を誘導した。

「もう、痛くないですか？」

「ああ。お前の手の感触しかしない」

「そこにも、キスさせてください」

「え？　あ、ああ……」

私の申し出に驚いていた伊吹さんは、それでも素直に身をかがめてくれる。私は伊吹さんの首筋にいくつもキスを落とした。元は傷があった場所を、ぐるっと一周するように。

「なんだか、くすぐったいな」

「いつもの仕返しです」

お互いを愛しく思う気持ちが高まって、私たちはもう一度、みんなの前で口づけを交わした。

そのあとは、弁天様が集めてくれた女神様たちによる舞の奉納を鑑賞しながら、参列者みんなで御神酒をいただいた。

「ほんとに、素敵な結婚式でした。まだ、夢を見ているみたい」

歓談するみんなを眺めながら、うっとりとつぶやく。

つぶあんが女神様たちにまじって踊りを披露し、笑いを誘っている。十和くんも負けじと変化の術を披露して美女に化けていたが、耳としっぽが残っていた。弁天様はお酒をひと瓶空けて、天神様にたしなめられている。

伊吹さんと結婚してから、出会った人たち。かりそめの花嫁になったあの日、こんな結末が来るなんて予想できなかった。

「おじいちゃんも、天国から見てくれているかな。私の花嫁姿……」

空を見上げて洟をすする。

「見ているに決まっている」

伊吹さんが肩を引き寄せたので、私は少しだけ体重を伊吹さんに預けた。

寄りかかった体勢のまま、無言の時間が続く。

結婚式の最中は夢中で忘れていたけれど、これが伊吹さん最後の〝けじめ〟だったことに私は気づいていた。

つまり私たちに、もう枷《かせ》はなにもない。

「……茜」

私の考えが伝わったかのように、伊吹さんが緊張した声色でつぶやく。

「今夜、お前と〝本当の夫婦〟になりたい」

ドキドキと心臓が音をたてる。緊張と不安はあるけれど、私は喜びに満ちた気持ちで返事をした。

「はい」

今夜私は、伊吹さん――鬼神の花嫁になる。


結婚式のあと自宅に戻り、私たちは夜を迎えた。

月明かりの下で見上げる伊吹さんはとてもキレイで、抱きしめ合うと伊吹さんの心臓もドキドキしているのがわかった。

「やっとお前を、本当に自分のものにできる」

伊吹さんは壊れやすい宝物のように私に触れた。心を覆っていたベールが一枚一枚はがされ、子どものような素直な気持ちになる。

この身体と心で生まれてきて、大人になって、今伊吹さんを感じられることが、奇跡だと思った。たくさんの人たちの中から巡り会えたことも。

「伊吹さん、大好き」

「愛している、茜」

何度も伝えて、何度も伝え返してくれた。

私は、初めて伊吹さんとひとつになったこの夜を、決して忘れない。

甘い幸せと感動の中で、初めてあなたの心に直接触れた日のことを。

それから、五ヵ月後。暦は十一月になり、伊吹さんと出会ってから一年がたった。

「ああっ、茜。またそんな重いもの持って！　私がやるって言うてるやろ！」

大路くん——ぬえがいなくなってから、また土日には千草がアルバイトに入ってくれている。

「大丈夫だよ。お医者さんにも、動いたほうがいいって言われてるし」

「動く、の基準が違うんやし」

千草は、私が運んでいた段ボールをひったくる。そのままそれを厨房まで運んでくれた。

「茜。また千草どのに怒られていたのか？」

「伊吹さん」

厨房で和菓子の仕込みをしていた伊吹さんが、着物にたすきがけをした姿でやれやれと肩をすくめた。

「千草は心配性なんです。もうつわりも終わったし、安定期に入ったのに」

「それでも、なにがあるかわからないだろう。千草どのに従っておくんだ。ひとりの身体ではないのだから」

伊吹さんは私の手の甲にちゅっとキスをする。

もうさすがに顔を赤くはしないけれど、千草の目の前で……と少し焦る。

当の千草は、というと。

「私より旦那様のほうが心配性やね。開店準備はしとくし、ごゆっくりと」

口元に手を当ててにやっと笑い、私たちを厨房に残して店頭に戻っていく。

「千草ってば……」

いつでもどこでも愛の言葉をささやく伊吹さんのおかげで、私の親友は妙な気遣いを覚えてしまった。

伊吹さんが鬼神で、私も神と同等の存在になったことはまだ話していないけれど、いつか隠せなくなったときに打ち明けようと思っている。たくましくて柔軟な千草は、どんな私でも受け入れてくれると信じているから。

「身体の調子は、どうだ？」

「大丈夫です」

伊吹さんは愛おしそうに、私のお腹をさする。今ここには、私たちの愛の結晶が宿っている。あの初めての夜にできた子だ。

「予定日は三月だったか。待ちきれないな」

「本当ですね。楽しみです」

生まれてくる赤ちゃんは、神様の子どもになるのだ。普通の子育てになるのか、それとも神様として育てるのか……。神様と元人間が結婚した前例がないから、生まれてみないとわからないそうだ。今は産婦人科に通院しているけれど、出産は弁天様に取り上げてもらう予定になっている。

「不思議だな。初めての子どもを、神になってから持つなんて」

感慨深くつぶやく伊吹さんは今から育メンっぷりを発揮して、育児書を読みあさったり、名前の候補を何パターンも考えたりしている。

「人間だったときよりも、鬼だったときよりも、今がいちばん幸せだ」

お腹をつぶさないように、伊吹さんがそっと私を抱きしめる。

「私も、伊吹さんと結婚してからずっと、幸せです」

毎日毎日、あなたを好きになる。伊吹さんと一緒なら、何千年、何万年生きてもきっと飽きない。

この新しい命と、伊吹さんと共に。永久《とわ》に生きていくと誓います。

「あ……今、赤ちゃんが動きました」

「なに、ほんとか？」

伊吹さんがキラキラした目でお腹に耳を当てる。

願わくは、この美しい世界が、どうかあなたにも優しくありますように――。

END

あとがき

こんにちは、栗栖ひよ子です。このたびは『京の鬼神と甘い契約～新しい命と永久の誓い』をお手にとってくださり、ありがとうございます。

応援してくださったみなさまのおかげで続刊を出せ、茜と伊吹を思い描いていた結末まで導くことができました。

伊吹の正体と過去、黒幕との対峙とふたりの決断は、いかがだったでしょうか。読み終わったあとに、ふたりの幸せな未来を想像していただければうれしいです。

タイトル候補に『わたしの甘い鬼神様』というものもあったのですが、本文中で回収することができました。よかったら、探してみてくださいね。

前巻のあとがきで『取材に行けなかった』と書いたのですが、今回、やっと世の中が落ち着き、京都に取材旅行に行くことができました！

天神様と弁天様にもしっかり挨拶をし、鴨川でつぶあんの姿を探し、今巻のクライマックスの舞台にもなっている〝あの場所〟にも行ってきました。

もちろん、京都の和菓子と和スイーツもたっぷり堪能しましたよ。

聖地巡礼の際に、タクシーの運転手さんに作家バレし、持ち歩いていた前巻をお渡しするというエピソードも……。もしかしたら、今作も手に取っていただけているでしょうか。その節は大変お世話になりました。（親切で物腰のやわらかな、とっても素敵な運転手さんでした！）


最後に謝辞を。

表紙イラストを担当してくださった、漣ミサさま。ラブラブ感の増したふたりをありがとうございます……！　後ろからぎゅっ、尊いです！

前巻のときから、担当さんと『続刊は白無垢でいきましょう！』と話していたので、表紙ができるのがとっても楽しみでした。それを励みに原稿を書いていたといっても過言ではありません。イラストですが、本編を読み終わったあとに前巻と並べていただくと、伊吹の〝ある変化〟に気づいていただけるかも。

担当の森上さま、編集作業でお世話になったヨダさま、そして前回から引き続き、京都弁の監修をしてくださった伊都子さまにも、多大な感謝を。

また、新しい物語の世界でみなさまにお会いできればうれしいです。ありがとうございました！

栗栖ひよ子

この物語はフィクションです。実在の人物、団体等とは一切関係がありません。

栗栖ひよ子先生へのファンレターのあて先
〒104-0031　東京都中央区京橋1-3-1　八重洲口大栄ビル7F
スターツ出版（株）書籍編集部 気付
栗栖ひよ子先生

京の鬼神と甘い契約
～新しい命と永久《とわ》の誓い～

2022年2月28日　初版第1刷発行

著　者　　栗栖ひよ子

発 行 人　菊地修一
デザイン　フォーマット　西村弘美
　　　　　カバー　北國ヤヨイ（ucai）
発 行 所　スターツ出版株式会社
　　　　　〒104-0031
　　　　　東京都中央区京橋1-3-1　八重洲口大栄ビル7F
　　　　　出版マーケティンググループ　TEL 03-6202-0386
　　　　　（ご注文等に関するお問い合わせ）
　　　　　URL　https://starts-pub.jp/
印 刷 所　大日本印刷株式会社

Printed in Japan

ISBN　978-4-8137-1228-2　C0193

スターツ出版文庫　好評発売中!!

『記憶喪失の君と、君だけを忘れてしまった僕。3～Refrain～』　小鳥居《ことりい》ほたる・著

大切な人を飛行機事故で失い、後悔を抱え苦しんでいた奈雪。隣人の小鳥遊の存在に少しずつ救われていくが、その矢先、彼が事故で記憶喪失になってしまう。それでも側で彼を支える奈雪。しかし、過去の報いのようなある出来事が彼女を襲い、過去にタイムリープする。奈雪はもう一度生き直し、小鳥遊の運命を変えようともがくが…。二度目の世界では華怜という謎の美少女が現れて──。愛する人を幸せにするため、奈雪が選んだ選択とは？全ての意味が繋がるラストに、涙！感動の完結編！

ISBN978-4-8137-1210-7／定価737円（本体670円+税10%）

『君が僕にくれた余命363日』　月瀬《つきせ》まは・著

幼いころから触れた人の余命が見える高２の瑞季。そんな彼は、人との関わりを極力避けていた。ある日、席替えで近くなった成田花純に「よろしく」と無理やり握手させられ、彼女の余命が少ないことが見えてしまう。数日後、彼女と体がぶつかってしまい、再び浮かびあがった数字に瑞季は固まってしまう。なんと最初にぶつかったときより、さらに余命が一年減っていたのだった──。瑞季は問いかけると…彼女からある秘密を明かされる。彼女に生きてほしいと奔走する瑞季と運命に真っすぐ向き合う花純の青春純愛物語。

ISBN978-4-8137-1212-1／定価693円（本体630円+税10%）

『後宮の寵姫は七彩の占師～月心殿の貴妃～』　喜咲冬子《きさきとうこ》・著

不遇の異能占師・翠玉は、後宮を蝕む呪いを解くため、皇帝・明啓と偽装夫婦となり入宮する。翠玉の占いで事件は解決し「俺の本当の妻になってほしい」と、求婚され夫婦に。皇帝としての明啓はクールだけど…翠玉には甘く愛を注ぐ溺愛夫。幸せなはずの翠玉だが、異能一族出身のせいで皇后として認められぬままだった。さらに周囲ではベビーラッシュが起こり、後継者を未だ授かれぬ翠玉は複雑な心境。そんな中、ついに懐妊の兆しが…!? しかし、その矢先、翠玉を脅かす謎の文が届いて──。

ISBN978-4-8137-1211-4／定価693円（本体630円+税10%）

『大正偽恋物語～不本意ですが御曹司の恋人になります～』　小谷《こたに》 杏子《きょうこ》・著

時は大正四年。両親を亡くし叔父夫婦に引き取られ、虐げられて育った没落令嬢・御鍵絹香。嫌がらせばかりの毎日に嫌気がさしていた。ある日、絹香は車に轢かれそうなところを偶然居合わせた子爵令息・長丘敦貴に後ろから抱きすくめられ、助けてもらう。敦貴に突然『恋人役にならないか』と提案され、絹香は迷わず受け入れる。期間限定の恋人契約のはずが、文通やデートを重ねるうちにお互い惹かれていく。絹香は偽物の恋人だから好きになってはいけないと葛藤するが、敦貴に「全力で君を守りたい」と言われ愛されて…。

ISBN978-4-8137-1213-8／定価682円（本体620円+税10%）

スターツ出版文庫　好評発売中!!

『天国までの49日間～ファーストラブ～』　櫻井《さくらい》千姫《ちひめ》・著

霊感があり生きづらさを感じていた高２の稜歩は、同じ力をもつ榊と出会い、自信を少しずつ取り戻していた。でも榊への淡い恋心は一向に進展せず…。そんな中、ファンをかばって事故で死んだイケメン俳優・夏樹が稜歩の前に現れる。彼は唯一の未練だという「初恋の人」に会いたいという。少しチャラくて強引な夏樹に押されて、彼の初恋の後悔を一緒に取り戻すことに。しかし、その恋には、ある切ない秘密が隠されていて――。死んで初めて気づく、大切な想いに涙する。

ISBN978-4-8137-1196-4／定価737円（本体670円+税10%）

『僕の記憶に輝く君を焼きつける』　髙橋《たかはし》恵美《えみ》・著

付き合っていた美涼を事故で亡くした騎馬は、彼女の記憶だけを失っていた。なにか大切な約束をしていたはず…と葛藤していると――突然二年前の春に戻っていた。騎馬は早速美涼に未来では付き合っていたと打ち明けるも「変な人」とあしらわれてしまう。それでも、彼女はもう一度過ごす毎日を忘れないようにとメモを渡し始める。騎馬は彼女の運命を変えようと一緒に過ごすうちに、もう一度惹かれていき…。ふたりで過ごす切なくて、苦しくて、愛おしい日々。お互いを想い合うふたりの絆に涙する！

ISBN978-4-8137-1198-8／定価671円（本体610円+税10%）

『鬼の花嫁五～未来へと続く誓い～』　クレハ・著

玲夜から結婚式衣装のパンフレットを手渡された鬼の花嫁・柚子。玲夜とふたり、ドレスや着物を選び、いよいよ結婚するのだと実感しつつ、柚子は一層幸せに包まれていた。そんなある日、柚子は玲夜を驚かせるため、手作りのお弁当を持って会社を訪れると…知らない女性と抱き合う瞬間を目撃。さらに、父親から突然手紙が届き、柚子は両親のもとを訪れる決意をし…。「永遠に俺のそばにいてくれ」最も強く美しい鬼・玲夜と彼に選ばれた花嫁・柚子の結末とは…⁉

ISBN978-4-8137-1195-7／定価660円（本体600円+税10%）

『後宮の巫女嫁～白虎の時を超えた寵愛～』　忍丸《しのぶまる》・著

額に痣のある蘭花は、美しい妹から虐げられ、家に居場所はない。父の命令で後宮勤めを始めると、皇帝をも凌ぐ地位を持つ守護神・白虎の巫女花嫁を選ぶ儀式に下女として出席することに。しかし、そこでなぜか蘭花が花嫁に指名されて…⁉猛々しい虎の姿から、息を呑むほどの美しい男に姿を変えた白星。「今も昔も、俺が愛しているのはお前だけだ」それは、千年の時を超え再び結ばれた、運命の糸だった。白星の愛に包まれ、蘭花は後宮で自分らしさを取り戻し、幸せを見つけていき――。

ISBN978-4-8137-1197-1／定価682円（本体620円+税10%）

スターツ出版文庫　好評発売中!!

『僕を残して、君のいない春がくる』　此見《このみ》えこ・著

顔の傷を隠すうち、本当の自分を偽るようになった晴は、ずっと眠りつづけてしまう難病を抱えるみのりと出会う。ある秘密をみのりに知られてしまったせいで、口止め料として彼女の「普通の高校生になりたい」という願いを叶える手伝いをすることに。眠りと戦いながらもありのままに生きる彼女と過ごすうち、晴も自分を偽るのをやめて、小さな夢を見つける。しかし、冬を迎えみのりの眠りは徐々に長くなり…。目覚めぬ彼女の最後の願いを叶えようと、晴はある場所に向かうが――。

ISBN978-4-8137-1181-0／定価660円（本体600円+税10%）

『笑っていたい、君がいるこの世界で』　麻沢《あさざわ》 奏《かな》・著

中学３年のときに不登校になった美尋は、ゲームの推しキャラ・アラタを心の支えに、高校へ入学。同じクラスには、なんと推しとそっくりな男子・坂木新がいた――。戸惑っているうちに、彼とふたり図書委員を担当することに。一緒に過ごすうちに美尋は少しずつ心がほぐれていくも、トラウマを彷彿させることが起きてしまい…。周りを気にしすぎてしまう美尋に対し、まっすぐに向き合い、美尋の長所に気付いてくれる新。気付けば唯一の支えだった推しの言葉より、新の言葉が美尋の心を強く動かすようになっていき…。

ISBN978-4-8137-1182-7／定価638円（本体580円+税10%）

『夜叉の鬼神と身籠り政略結婚三～夜叉姫は生贄花嫁～』　沖田弥子《おきたやこ》・著

あかりと鬼神・柊夜の間に産まれ、夜叉姫として成長した長女・凜。両親に愛されつつも、現世での夜叉姫という立場に孤独を抱えていた。まもなく二十歳となる凜は、生贄花嫁としてその身を鬼神に捧げる運命が決まっていて…。「約束通り迎えに来た、俺の花嫁」――。颯爽と現れたのは異国の王子様のような容姿端麗な鬼神・春馬だった。政略結婚の条件として必ず世継が欲しいと春馬に告げられる。神世と現世の和平のためと、経験のない凜は戸惑いながらも、子を作ることを受け入れるが…。

ISBN978-4-8137-1183-4／定価671円（本体610円+税10%）

『遊郭の花嫁』　小春《こはる》りん・著

薄紅色の瞳を持つことから疎まれて育った吉乃。多額の金銭と引き換えに売られた先は、あやかしが“花嫁探し”のために訪れる特別な遊郭だった。「ずっと探していた、俺の花嫁」そう言って吉乃の前に現れたのは、吉原の頂点に立つ神様・咲耶。彼は、吉乃の涙には“惚れ薬”の異能があると見抜く。それは遊郭で天下を取れることを意味していたが、遊女や妖に命を狙われてしまい…。そんな吉乃を咲耶は守り抜くと誓ってくれて――。架空の遊郭を舞台にした、和風シンデレラファンタジー。

ISBN978-4-8137-1180-3／定価693円（本体630円+税10%）

スターツ出版文庫　好評発売中!!

『交換ウソ日記３～ふたりのノート～』　櫻《さくら》いいよ・著

周りに流されやすい美久と、読書とひとりを好む景は、幼馴染。そして、元恋人でもある。だが高校では全くの疎遠だ。ある日、景は自分を名指しで「大嫌い」と書かれたノートを図書室で見つける。見知らぬ誰かに全否定され、たまらずノートに返事を書いた景。一方美久は、自分の落としたノートに返事をくれた誰かに興味を抱き、不思議な交換日記が始まるが…その相手が誰か気づいてしまい!?ふたりは正体を偽ったままお互いの気持ちを探ろうとする。しかしそこには思いもしなかった本音が隠されていて――。

ISBN978-4-8137-1168-1／定価715円（本体650円+税10%）

『月夜に、散りゆく君と最後の恋をした』　木村《きむら》 咲《さき》・著

花屋の息子で嗅覚が人より鋭い明日太は同級生の無愛想美人・莉愛のことが気になっている。彼女から微かに花の香りがするからだ。しかし、その香りのワケは、彼女が患っている奇病・花化病のせいだった。花が好きな莉愛は明日太の花屋に通うようになりふたりは惹かれ合うが…臓器に花の根がはり体を蝕んでいくその病気は、彼女の余命を刻一刻と奪っていた。――無力で情けない僕だけど、「君だけは全力で守る」だから、生きて欲しい――そして命尽きる前、明日太は莉愛とある最後の約束をする。

ISBN978-4-8137-1167-4／定価638円（本体580円+税10%）

『鬼の生贄花嫁と甘い契りを』　湊《みなと》 祥《しょう》・著

赤い瞳を持って生まれ、幼いころから家族に虐げられ育った凛。あることがきっかけで不運にも凛は鬼が好む珍しい血を持つことが発覚する。そして生贄花嫁となり、鬼に血を吸われ命を終えると諦めていた凛だったが、颯爽と迎えに現れた鬼・伊吹はひと目で心奪われるほどに見目麗しく色気のある男性だった。「俺の大切な花嫁だ。丁重に扱え」伊吹はありのままの凛を溺愛し、血を吸う代わりに毎日甘い口づけをしてくれる。凛の凍てついた心は少しずつ溶け、伊吹の花嫁として居場所を見つけていき…。

ISBN978-4-8137-1169-8／定価671円（本体610円+税10%）

『大正ロマン政略婚姻譚』　朝《あさ》比《ひ》奈《な》希《き》夜《よ》・著

時は大正十年。没落華族令嬢の郁子は、吉原へ売り渡されそうなところを偶然居合わせた紡績会社御曹司・敏正に助けられる。『なぜ私にそこまでしてくれるの…』と不思議に思う郁子だったが、事業拡大を狙う敏正に「俺と結婚しよう」と政略結婚を持ちかけられ…。突然の提案に郁子は戸惑いながらも受け入れる。お互いの利益のためだけに選んだ愛のない結婚のはずが、敏正の独占欲で過保護に愛されて…。甘い言葉をかけてくれる敏正に郁子は次第に惹かれていく。限定書き下ろし番外編付き。

ISBN978-4-8137-1170-4／定価682円（本体620円+税10%）

スターツ出版文庫　好評発売中!!

『30日後に死ぬ僕が、君に恋なんてしないはずだった』　茉白《ましろ》いと・著

難病を患い、余命わずかな呉野は、生きることを諦め日々を過ごしていた。ある日、クラスの明るい美少女・吉瀬もまた“夕方の記憶だけが消える”難病を抱えていると知る。病を抱えながらも前向きな吉瀬と過ごすうち、どうしようもなく彼女に惹かれていく呉野。「君の夕方を僕にくれないか」夕暮れを好きになれない彼女のため、余命のことは隠したまま、夕方だけの不思議な交流を始めるが——。しかし非情にも、病は呉野の体を蝕んでいき…。

ISBN978-4-8137-1154-4／定価649円（本体590円+税10%）

『明日の世界が君に優しくありますように』　汐《しお》見《み》夏《なつ》衛《え》・著

あることがきっかけで家族も友達も信じられず、高校進学を機に祖父母の家に引っ越してきた真波。けれど、祖父母や同級生・漣の優しさにも苛立ち、なにもかもうまくいかない。そんなある日、父親と言い争いになり、自暴自棄になる真波に漣は裏表なくまっすぐ向き合ってくれ…。真波は彼に今まで秘めていたすべての思いを打ち明ける。真波が少しずつ前に踏み出し始めた矢先、あることがきっかけで漣が別人のようにふさぎ込んでしまい…。真波は漣のために奔走するけれど、実は彼は過去にある後悔を抱えていた——。

ISBN978-4-8137-1157-5／定価726円（本体660円+税10%）

『鬼の花嫁四～前世から繋がる縁～』　クレハ・著

玲夜からとどまることなく溺愛を注がれる鬼の花嫁・柚子。そんなある日、龍の加護で神力が強まった柚子の前に、最強の鬼・玲夜をも脅かす力を持つ謎の男が現れる。そして、求婚に応じなければ命を狙うと脅されて…⁉「俺の花嫁は誰にも渡さない」と玲夜に死守されつつ、柚子は全力で立ち向かう。そこには龍のみが知る、過去の因縁が隠されていた…。あやかしと人間の和風恋愛ファンタジー第四弾！

ISBN978-4-8137-1156-8／定価682円（本体620円+税10%）

『鬼上司の土方さんとひとつ屋根の下』　真《ま》彩《あや》-mahya-・著

学生寮で住み込みで働く美晴は、嵐の夜、裏庭に倒れている美男を保護する。刀を腰に差し、水色に白いギザギザ模様の羽織姿…その男は、幕末からタイムスリップしてきた新選組副長・土方歳三だった！　寮で働くことになった土方は、持ち前の統制力で学生を瞬く間に束ねてしまう。しかし、住まいに困る土方は美晴と同居すると言い出して…⁉　ひとつ屋根の下、いきなり美晴に壁ドンしたかと思えば、「現代では、好きな女にこうするんだろ？」——そんな危なっかしくも強くて優しい土方に恋愛経験の無い美晴はドキドキの毎日で…⁉

ISBN978-4-8137-1155-1／定価704円（本体640円+税10%）